「竜頭町三丁目帯刀家の暮らしの手帖」

竜頭町三丁目帯刀家の暮らしの手帖

毎日晴天！
番外編2

菅野 彰

キャラ文庫

この作品はフィクションです。
実在の人物・団体・事件などにはいっさい関係ありません。

Contents

コラム

口絵・本文イラスト／二宮悦巳

サンジョルディの恋人たち

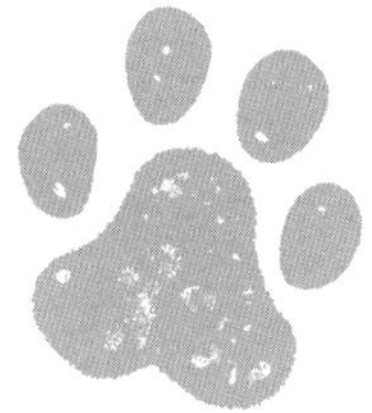

Ryuzucho
3-chome
obinatake no
Kurashi no
Techou

　大学一年生の春、今まで考えたこともなかった野球部のマネージャーに激しい勧誘を受けた帯刀(おびなた)家末っ子帯刀真弓(まゆみ)は、困惑の限りを深めながら竜頭町(りゅうずちょう)商店街を歩いていた。

　まだ大学生活は始まったばかりで、大隈(おおくま)大学からの下校中だが学校では説明ばかりで、講義の選択についてもちんぷんかんぷんな上に突然の野球部問題で気持ちは少々澱(よど)んでいた。

「あ、龍(りゅう)兄」

　そこにたまたま通り掛かった、いや通り掛かったのは自分の方なのだが真弓は今自分の悩みでいっぱいなので自分主体でしかなく、通り掛かって見えた木村(きむら)生花店の店主木村龍が店の前を掃いているのを発見した。

「おお、大学生」

　ちんまかったおまえがと毎回言ってもおかしくないほど、龍は「真弓が大学生になるなんて」というあたたかいのか揶揄(からか)っているのかどっちなんだというまなざしを存分に向けてくれる。

「ええ大学生でございますー」

　それだけで簡単にふて腐れて、そうだ龍にこのうだうだした心のままに八つ当たりしようと真弓は即決した。

「相変わらずラブラブー？　明ちゃんと」

真弓の兄、帯刀家五人兄弟の次男、大学で何か難しい学問を楽しそうにやっている明信は、三十になったこの年上幼なじみとなんと恋人同士であった。

「まあ、普通だ」

黒い髪を後ろで無造作に一つに結った龍は、小さく笑って肩を竦めた。

龍は帯刀家恐怖の長女志麻の同級生で、十代の頃は放蕩の限りを尽くして数限りない女たちも散々に泣かせてきた。そんな龍が帯刀家どころか竜頭町きっての優等生であり清純派の明信とこんなことになってしまったことは、不在の長女が知った日には、「あ、知った」と人々が思った瞬間に龍は惨殺されるというそんなに数奇でもない運命が待ち受けている。

「すっごいねー。言ってみたいよ、まあ普通だ」

低い龍の声を真似て、何その余裕しゃくしゃく大人の恋愛みたいな態度と、真弓は八つ当たりの勢いを激しく高めた。

「龍兄、明ちゃんにちゃんと誕生日とかクリスマスとかバレンタインとかしてる？」

「……バレンタインなんて、するわけねえだろ。男同士で」

突然そんなことを訊かれて、龍はどうしたというように真弓を見た。

「へえ、ふうん。クリスマスや誕生日は？」

挑むように真弓に問われて、龍は、正直そういった行事ごとに全くまめではないのでほとんど何もしてきていないことに強引に気がつかされた。

「あいつの誕生日は……一緒にいるときは、向かいの鮨屋に行ったりなんだりしてるぞ」

一方明信は、龍の誕生日には特別な食事を作ってくれているとも思い出す。

食事と食事でお互いだとも思えたが、自分の方には「何かしてやった」という感覚はないとも突然真弓に乱暴に思い知らされた。

「へえ、お鮨でいいんだ。誕生日。明ちゃん。こいびとどおしなのに」

最初から当たり屋よりタチの悪い八つ当たりを決め込んでいた真弓は、ぶち当たる勢いを緩めない。

「あいつ、なんか欲しいもんとかあんのか?」

しかし、龍が今から今年の明信の誕生日プレゼントをじゃあ何か考えてみるかと思ったところで、明信は欲しいものがある気配が全くしない巨大迷路のようなものだ。

「あ、そんな龍兄にほら。そこに救いの啓示が」

散々に当たったので若干スッキリした真弓は、一応後始末もして去ろうと、目に入ってきた本屋の貼り紙を適当に指差した。

「なんだありゃ」

真弓が指した先には、「サンジョルディの日」というポスターが思い切り良く黄ばんでいた。

恐らくあのポスターは本屋の店主が何年も前に貼って、そのまま剥がされることもなく黄ばみ続けているのだろう。最早青い。

「でもなんか、すぐじゃん。四月二十三日って書いてあるよ。『恋人に花を添えて本を送る日』ぴったりじゃん明ちゃんに。その上あそことここで全部揃うよ。……龍兄ってずるいよね！」

そんな都合のいい話があるのかと、気が済んだところで真弓がまたぷんすかと腹を立てる。

「ま、がんばって！」

「待て真弓」

すたこらと行こうとした真弓の袖を、龍は摑んで止めた。

「何。俺もう気が済んだんだけど」

「何の気が済んだんだ？　いや、恥ずかしながら俺は……人生で一冊の小説も読んでない」

目の前で次々と小説を読む明信はそこはもう偉人であり異人に近いと、龍が打ち明ける。

「俺もあんまり読まない」

「俺は、一冊も読んだことがねえんだぞ。そんな俺が明が喜ぶような本が選べるわけねえだろ」

「うーん。真理だねそれ。オッケー、頑張って苦しんで！」

それは幸いと行こうとした真弓を、なおも龍は腕を放さずに引き留めた。

「無理だ！」

「あきらめたらそこで試合終了だよー。あ、漫画にしたら？　明ちゃん漫画読まないから」

「読まないのにやってどうすんだ！　おまえはそうやって情報持ってんだろ⁉　つきあえよ！」

そうして八つ当たりをした真弓と当たられた龍が揉み合っているところに、帯刀家三男でプロボクサーの丈がいつもの龍へのシャドウボクシングをしながら通り掛かる。

「イメトレに来たぜ」

シュッシュッと跳ねながら龍に向かってジャブを繰り出す丈は相変わらず龍と明信の交際を全く認めていなかったが、知ったこっちゃなく龍はその後ろ衿を乱暴に摑んだ。

「何すんだよ！」

「おまえが一番明を知ってる」

「そうだ！　オレが明ちゃんを一番知ってるのに‼」

「だからおまえも明が喜ぶ本選びにつきあえ」

「え⁉」

超読書家の兄を見て育ちながら同じくただの一冊も小説を読まずに立派なプロボクサーになった丈は、「そんな！」と叫んだがかまわず龍が真弓と丈を狭い本屋に押し込む。

町の小さな書店なので数がそんなに多くないのが、三人にはむしろ幸いだった。

棚に並ぶ本を見つめて、三人ともが沈黙する。

「おまえらがいいって言ったのを明にやるから、二人で決めろ」

「それ愛がなさ過ぎない⁉」

「地球に明ちゃんが読んでねえ本なんてあんのか？」

意外な真理を丈が述べて、三人はなお沈黙を深めた。

「有名処は全部読んでるよきっと。日本文学全集とか世界文学全集とかに入ってるの。龍兄、明ちゃん本読んでるの見てるんでしょ？　どんなの読んでんの？」

「そういうの読んでるときもあるな……なんか、西洋の、おっさんの名前がタイトルみたいな」

「手掛かりが少なすぎる！」

「でも明ちゃん確かに外国の小説すげえ積んでる」

同じ部屋で寝起きしている丈は、明信がたまに畳から積み上げている分厚くて堅い本に埋まって死ぬという単細胞な夢を見て跳ね起きることがあった。

「わかった、新刊だよ。新刊ならまだ読んでない」

「冴えてるなおまえ」

自分の責任ながら巻き込まれたものの、真弓もあれだけ読書家の兄に好きな本を選んでやるとなると本気になる。

「そして外国の本だ」

丈も同じく、明信の喜ぶ顔が見たかった。

「おまえも冴えてるぞ。選択は狭まった」

この膨大（ぼうだい）な中から、外国の新刊というところまで辿（たど）り着き、平積みの中の作者横文字の本を三人で片端から開く。

「ミステリーが多いね」

「好きかなあ、明ちゃん。なんか読んでるイメージねえな。新作のミステリー」

「確かに……」

花屋の店先でも二階でも、明信が開いている本は何か古くさい歴史の香りがしているくらいは、龍にもなんとか感じられていた。

「こういうときってさ、童話とか絵本がよくない？　プレゼントだし、なんかあったかい感じがするじゃん」

「そうだな。明ちゃんやさしいから、絵本はなんかいい気がするオレも」

「それは確かにその通りだ。おまえらさすが弟たちだな！」

二人の言い分は大いにもっともだと思った龍の目の前には、名前は見たことがあるがどうやら新刊と思（おぼ）しき外国の童話が、都合よく平積みになっていた。

青くなってしまったポスターに書かれた「サンジョルディの日」、四月二十三日に、龍は明信に泊まるように申し出ていた。

要は本のバレンタインだとは自力で調べて、鮨を取り最近全く呑まない明信と少し酒を呑んで、何しろしたことがないので緊張しながら、包みと一本の赤い薔薇を飯台に置いた。

「……何？」

真弓に散々に焚きつけられたせいなのもあるが、やはり龍としても明信の喜ぶ顔が見たい。

「プレゼント、だ」

しかもこれだけ読書家の明信のためのような、恋人に本を送るなどという日があったのを今までどうして見逃していたのか。向かいの本屋はきっとずっとあのポスターを貼り続けていたのに、明信は自分とつきあいだしてからサンジョルディの日にひどく寂しい思いをしてきたのではないかと、様々な思いがないまぜになって、龍には珍しい期待と不安で胸が満ちている。

「どうしたの？　急に」

「開けて見ろ」

困ったように笑っている明信に、本屋の親爺に「そんなことしたことないぞ」と言われながら無理矢理包ませた本を、龍は渡した。

「……ありがとう。どうしたの突然」

戸惑いながら明信が、丁寧に包装紙を解く。

「わあ……嬉しい、どうして僕が読みたかった本わかってくれたの⁉」

そこまでとは想像していなかった大きな喜びを、明信は瞳いっぱいに湛えた。

「いや、なんとなくだそれは。よかった、読みたかったのか」

やはりやさしくておだやかな明信は大人になっても童話が嬉しいのだなと、龍も明信のその幸いに胸があたたかになる。

「うん！　すっごく嬉しい‼　新刊だからまだ手が出なくて我慢してたんだ……『原典訳グリム童話』。グリム兄弟は、ドイツ帝国が作られたときにドイツ民族のナショナリズムを統一するために聖書に対抗してこの童話創作をしたと言われていてね。残酷な処刑方法や拷問が本来はふんだんに描かれていて、それが他民族虐殺の思想と方法に繋がったとされて一時は戦勝国から禁書になったんだよ。その原典完全翻訳なんだ！　ありがとう龍ちゃん‼」

嬉しい幸せ楽しみだと明らかに胸を躍らせている恋人に、龍はただ呆然とした。

「おまえは……ホントに時々、いったいなんなんだ……」

サンジョルディの日は残念ながら日本ではほとんど定着しなかった上に、読書家たちは他人に本を選ばせるということをあまり好まないことなど、龍には全く知らない事実なのであった。

みんな二人でなに話してるの？

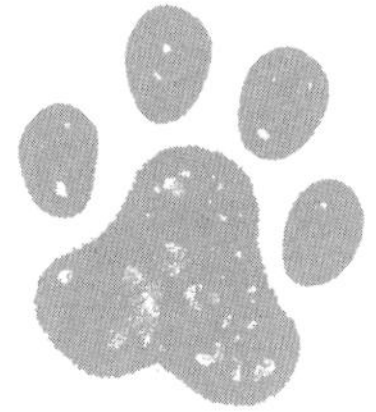

Ryuzucho
3-chome
obinatake no
Kurashi no
Techou

気持ちのいい初夏、町内の華道教室に花を届けて、竜頭町商店街木村生花店の木村龍は商店街を歩いていた。

軽トラでは入れない道だったので徒歩になったが、歩くにはいい夕方だ。

「龍兄」

花屋の店番をしてくれている恋人に何か甘いものでも買ってやろうかと、駄菓子屋の前で立ち止まったところで、少し久しぶりに感じる声に呼ばれた。

「おお、なんだ真弓。今日はねえのか。野球」

春から大学生になった恋人の末の弟帯刀真弓は、驚いたことに大学で軟式野球部のマネージャーになって、龍を含めて周囲や家族はそれをとても嬉しく思っている。

「この間春季大会終わったばっかりだから、普通に週三の練習なの。丁度よかった。俺、龍兄に訊きたいことあったの」

「……へえ」

試合を観に行った野球場では随分大人びて見えた真弓だが、何かふて腐れたような顔でそんなことを言われるとまだまだ龍には幼く思えた。

「おまえの訊きたいことっていつもだいたい碌なことじゃねえけど、なんだ」

「あ、ひどい。でも訊くもん。あのさ、龍兄って明ちゃんといつも何話してんの？」

「は？」

どんなときでも臆すということのない真弓は今日も今日とてズケズケと、我が兄帯刀明信と、恋人である龍との会話を尋ねてくる。

「何って、別に普通のことだよ」

「普通ってどんな？」

「普通は普通だ。メシ食ったかとか、家の方はどうだとか。学校どうだとか。なんだいきなり」

普通を並べた龍に、真弓は頬を膨らませた。

「……俺、勇太と生活バラバラになっちゃったじゃん。勇太は職人で、俺は学生で」

「まあ、そうだな」

「こないだまでおんなじ高校行ってたから、学校のこととか話すこといっぱいあったんだけど。なんか、共通の話題っていうのがなくなっちゃって。でも勇太の仕事の話も聞きたいし、勇太あんまり話してくんないけど話してって言って話してもらうんだけどさ」

滔々と語り出した真弓に、軽快に喋っている割には深刻な内容だと龍が頭を掻く。

「……全然、わかんないし。勇太の仕事の話聞いても。頷いてるだけで。でもそれ俺の部活の話も、勇太にしてみたら同じじゃん？」

「そうだな」

「大河兄と秀は仕事と本の話ずっとしてるけど。龍兄は明ちゃんとなに話してんの？」

必死に問われて龍は、案外と大変そうな真弓に何か言ってやりたいと思ったけれど、役に立てることは見つからなかった。

「まだ二、三ヶ月のことだろ。……おばちゃん、そのあんパン二つちょうだい」

苦笑して駄菓子屋の女将からあんパンを二つ買って、一つを真弓に渡す。

「まあ、これでも食ってでかくなれや」

「あんパン一個で大きくなれないよ！」

子ども扱いされたとはわかったのか、真弓は更に大きくふて腐れた。

店番をしている明信はここのところ、分厚い小説を読んでいてその物語に夢中だ。

店にいる時も二階で龍と二人でいる時も、続きが読みたくてソワソワしているのがわかる。

読み始めて随分経つので一度龍が「全部で何冊あるんだ」と尋ねたら、「七巻だよ」と答えが返ってきた。

「読んでていいぞ、本。俺ナイター観てるから」

明信が作ってくれた夕飯を食べ終えて野球中継を観ながら、龍が畳に横になる。

「……でも。龍ちゃんといるのに」

どれだけ自分が本に夢中になるかを明信は知っていて、遠慮がちに首を振った。

「俺は野球だ」

笑ってやると明信は続きを読みたい気持ちに抗えず、「じゃあ、ごめん」と本を読み始める。

真弓にあんな風に訊かれたけれど、実のところ龍と明信には多くの会話はなかった。真弓の言う通り、二人にも共通の話題はない。明信は野球は観るけれど、恐らくは本を読む方が百倍は好きだろうと龍はわかっている。

今も夢中で、きっと何処にいるのかも忘れている。

「……俺、最後に小説読んだのいつだったかな」

ふと龍は考え込んだが、全く思い出せないし、なんなら小学校の課題図書もあらすじを読んだくらいで自主的に小説を読んだことはただの一度もないと断言できる。

それでも龍は、本に没頭する明信を見ていて、何が楽しいのかとは思わなかった。

楽しいのは見ていればわかる。自分の知らない楽しさに夢中になる明信を、不可解だとも思わない。

自分のわからないことを大切にして、それを恋人にすまなく思っているような明信から龍は、ただ愛情しか感じなかった。

野球中継がそろそろ終わりというころ、膝を抱えてページを捲る明信を龍は振り返った。

「明」

控え目に一度呼ぶと、ぼんやりと明信が顔を上げた。

「今何処だ？」

くすくすと笑って龍が訊いても、明信はまだ本の中に住んでいる。

「シャトー・ディフ」

だから龍には全くわからない言葉を返した。

「どんなとこだ」

「きれいだと思う。南仏の小さな島の、監獄だけど」

どんなところだと尋ねると明信が、首を傾けながら丁寧に龍に教える。

「誰といるんだ？」

「ファリア神父だよ」

「どんな人だ」

「色々教えてくれて、助けてくれそう」

「おまえのことも助けてくれそうか。その神父さんは」

本の中には明信にものを教えてくれる人はたくさんいるのだろうと、龍は問いを重ねた。

パタンと、明信が静かに本を閉じる音が聞こえる。

「僕は……こういうときは、龍ちゃんに助けて欲しいな」

「いいんだぞ。もっと読んでて。外国なんか行ったことねえから、俺も楽しいよ話聞くの」

本を置いて隣に来た明信を、龍は寝そべったまま見上げた。

「ううん。帰る」

無意識にか明信は、帰ると言って龍のそばに寄った。

「こういうときってなんだ」

「無実の罪で牢獄に閉じ込められたとき」

真顔で言われて、龍が噎せる。

「……それは助けてやらねえと。会えねえし」

手を伸ばして龍は明信の腕を摑むと、胸の中に抱き寄せた。

おとなしく明信が、龍の腕の中にそっとおさまる。

「ねえ、龍ちゃん」

「んー？」

「僕、本読んでるとき嫌じゃない？　退屈じゃない？」

問い掛けられて龍は、苦笑して明信の眼鏡を外した。

「なんで。おまえ本読んでるときかわいいよ。口元にすげー力入ってんだぞ」

「え、見ないでよそんな顔」

自覚はないのか明信が、少し恥ずかしそうにする。

「……僕、本読んでると夢中になっちゃって。人の話も聞こえなくなっちゃうし。よく丈を怒らせたり泣かせたりして」

　龍と同じく全く本を読まないのだろうすぐ下の弟のことを、明信は申し訳なさそうに口にした。

「でも、龍ちゃんのそばで本読むの好きなんだ」

「どうして」

「本の中にいて、子どもの頃から僕はそこにいるのが大好きだけど」

　考え込むように明信が、龍の胸に頬を当てる。

「龍ちゃんに呼ばれると、本の中から帰って来た感じがして……それで、僕は現実もちゃんと大好きだってわかって」

　少し難しいことを言って自分でも意味を上手く伝えられないと気づいたように、明信は笑った。

「すごく嬉しいんだよ。それが」

「そうか。そりゃよかった」

　嬉しいという言葉をよく聞いてやって、明信の髪を撫(な)でる。

　額にくちづけて、龍はその頬を撫でた。

「現実もか？　俺は？」

たまにはそんな甘いことを訊いてもいいかと、瞳を覗く。

「……だから。僕には龍ちゃんが現実だから」

俯いて言った明信の唇に、龍はゆっくりと唇を合わせた。

長くくちづけてシャツに手を掛けて、ふと明信の言葉を反芻する。

「おまえさっき牢獄にいるって言わなかったか？」

「うん。シャトー・ディフ」

「それは現実の方がいいに決まってんだろ」

おい、と言った龍に、明信は困ったように笑った。

「子どもの頃はね、出られない牢獄や徒刑場にずっといたかったりしたんだよ」

家族への愛情や他人との関わりの中で、反対側の気持ちで明信が寄る辺なくいた時間があることを、膝を抱えて泣いていた九つの明信を見てしまった龍だけはよく知っている。

「今は？」

けれどそのことは言わずに額を寄せて尋ねる。

「龍ちゃんが呼んでくれたらいつでも帰りたいよ」

はにかんで答えた明信に笑って、龍はもう一度その唇に唇を寄せた。

RYUSAN
もっとこう
グイッと
いけ
グイッと
くっくっくっ

明信と本

校正を読みながら、はっきりすべてを覚えてはいないもので、

「似た話が続いているが……あ、投げかけとアンサーなのか」

と思い出しました。

龍と明信は、まったく違うタイプの人間で全然違う道を通ってきたけど、恋をしている。恋ってそういうものだったりするかもしれないなあという、二人です。

サンジョルディの日はあんまり流行らないし根付かなかったけど、まあ、そうだなと読みながら思った。

校正していてものすごく気になったのが、明信が『モンテ＝クリスト伯』を読んでいることです。

明信ならきっと、小学生か中学生の頃には通っている読書体験のはず。何故今読んでるんだろう？

明信はきっと世界児童文学全集で児童版を読んで、何処かで全巻を通読して、この時新訳が出て新訳を読み、

「なんだか旧訳も読みたい」

と、ずっと『モンテ＝クリスト伯』をこの頃読んでいたんだろうな。

それが明信で、きっと龍は明信と死ぬまで一緒にいても、明信と『モンテ＝クリスト伯』の関係や再読の意味を知る日はこない。

知る日はこなくても、龍は明信を愛しているし、明信も龍を愛してる。

愛とは不思議なようでいてシンプルなものなのかもしれないなと、思ったりしました。

「多分明にとって恐ろしく大事なものだ。命に近しい」

ことだけはわかるので、勝手に触ったりめくったりましてや捨てたりは永遠に絶対にしないんだろうな。龍は。

愛だけど、明信と本の関係には命がかかっております。

SF作家は遠い星から落ちてきた

Ryuzucho
3-chome
obinatake no
Kurashi no
Techou

「僕、何処の星から来たんだと思う?」

竜頭町三丁目帯刀家の居間、全員が揃った九月頭の朝食の席で茶を注ぎながら、白い割烹着姿の阿蘇芳秀はぼんやりと呟いた。

「あ、どうしようまたなんかはじまっちゃった。退避退避」

この四月から大学生になった帯刀家末っ子の真弓が、早めに避難したいと残っていた白飯を掻き込む。

「火星なんじゃね? 住めるらしいぞ」

減量時期ではないので三杯目の白飯をだし巻きで食らいながら、帯刀家三男プロボクサーの丈が「昨日テレビで見た」と肩を竦める。

「住むのはまだ、ちょっと無理だね。丈」

帯刀家次男で大学院生の明信が、やんわりと弟の言葉を訂正した。

「そういう話考えてんのか? 次のプロット」

何度秀にやめてと言われても新聞を広げながら朝食を取る大河は、秀の恋人であると同時に担当編集者なので、仕事の話かと無駄に浮かれた。

「ううん。僕は僕の生まれた星のことを考えてる」

真顔で呟いた秀に、朝の食卓はこれ以上静かになることは無理だというほど静まり返る。

老犬バースが悲しそうに見るので仕方なく、秀の養子で四月から山下仏具の職人になった阿蘇芳勇太が、食事の済んだ箸を置いた。

「どないしてん」

それ以上の言葉などもう見つかるわけもなく勇太が、それでも息子としての義務と愛情から果敢に尋ねる。

「だってみんな、僕によく訊くじゃない。何処の星から来たって」

「僕は訊いたことはありません」

一人だけはっきり断言できる明信が、すぐさま否定した。

「でも、明ちゃんのとても親しい花屋の龍さんにはすごくよく訊かれるよ」

明信の恋人であり、木村生花店の店主である龍のことを秀が口にする。

「それは……あの……きっと龍ちゃんなりの……」

恋人の犯したことと自分が同罪だという考えは、どの角度からも明信にはなかったが、それを言った龍の心境と言われた秀の心痛を思ってしどろもどろになるしかなかった。

「龍さんなりの?」

「ごめんなさい……僕には何も言えません」

「まあ、なんちゅうかあれや。おまえのことかわええなと思たときに揶揄っとるんや。それゆうとるやつはみんな」

自分も言ったことがあるものの、とてもそんな気持ちでは言っていないむしろ深刻な思いだったが、それは無理に隠して勇太が適当に纏めようとする。

「僕に故郷の星を尋ねる人は全て、僕をかわいいと思ってくれてるの？　本当に？」

「……すまん。悪かった。それは嘘や！　忘れてくれ……」

秀のみならず世間全般に迷惑なことを言ったと、勇太は力なく項垂れた。

「俺言ったことあるかなあ……どっちか自信ないや。だって言ったことないけど思ってるから言ったかも。でもそれって秀も悪くない？　みんなに星の匂いをさせちゃってる……ううん、違う。これいじめられてる子に責任があるっていうのと同じ考え方！　よくない‼」

自分できちんと反省して、真弓が秀にまっすぐ向き直る。

「どうしちゃったの、秀」

真弓が問い掛けると秀は、大きなため息を吐いた。

「慣れてるんだけど……実は小さい頃から、何処ででも言われたんだ。何処から来たのって」

珍しく自分の幼少期のことを秀が語り出すのに、皆箸も止めてその話を聞く。

「育った根津でもよく言われたし、最初の記憶のある京都に住んでた間も絶え間なく言われた。何処から来たのって」

「まあ、あそこは観光地だからな。誰にでも訊くってところはあるだろう」

原稿の話ではないのかとがっかりしつつも、大河が京都を思う。

「もちろん勇太を迎えに行った岸和田でも言われて」

「そらしゃあないわ。おまえ町から浮きまくっとったわ。救命胴衣よりよう浮いとったで」

岸和田のことを言われてもと、勇太は根元の伸びて来た金髪を掻いた。

「ここはでも、住んで三年が経って。毎日お買い物にも行くし、町内会の方々にもさすがに覚えていただいて……訊かれなくなったなって思ってたんだけど。昨日」

もう一度息を吐いて、秀が俯く。

「百花園で、もうすぐ萩のトンネルがきれいだろうなあって萩を眺めててね」

「まだ青々とした緑のトンネルを、もうすぐきれいになるぞという思いで見つめていたのかおまえは」

さすがにそのぼんやりした時間は捨て置けないと大河が口を挟むのに、聞こうと真弓が兄の袖を引いた。

「見覚えのある老夫婦に、何処から来たのって訊かれて……何度かご挨拶した方々なんだけど」

「それは……もしかしたら悲しいお話なのでは」

老夫婦なら惚けてしまったのではないかと、暗に真弓が心配する。

「多分違う。だって百花園の方とは、お久しぶりってお話なさってたから。それで僕」

ぼうっと秀は、居間の縁側の更に遠くを眺めた。

「何処の星から来たのかなって思って」

「なんでいきなり星なんや」

「それはだから、みんなそう言うから。でも考えてみたら、勇太は岸和田生まれの岸和田育ちで」

なんでと訊いてくれた息子を見て、秀が海辺の町を思う。

「みんなはこの町で生まれてこの町で育って。龍さんも、達也(たつや)くんも」

「どうして突然達ちゃん巻き込まれた」

一切話題に上がっていなかった、隣町で車の修理工をしている幼なじみ魚屋の一人息子達也の身を、真弓は少しばかり案じた。

「達也くんにもよく言われるから。先生何処の星から来たのって……そんな達也くんは、商店街の魚藤(うおふじ)のご長男」

「そ……そうだね」

もはや達也の身は守れないと、真弓がすぐに引き下がる。

「みんな何処から来たのかはっきりしてるのに僕だけはっきりしないから、やっぱり何処かの星から来たのかもしれないと思って」

その星が何処なのか知りたいと言い出した秀は、誰の手にも負えるわけがなかった。

「星、じゃあないんじゃないかな」

秀の出自がはっきりしないというところには突っ込んではならないとははっきりわかって、真弓がけれどせめて地球規模で考えてくれたらと願う。

「みんな星だって言うから」

「みんながそう言うってことと、秀自身が星から生まれてないってことは別々に考えたら？」

最近大学で難しい講義も受ける真弓は、自分が教授に煙に巻かれているように秀を煙に巻けないだろうかと試みた。

「僕は星から生まれたの？　星が僕を生んだの？」

「おまえ……ややこしゅうしとるやないかい」

秀自身よりも残りの五人とバースが混沌として、居間はなおも静まる。

ふと、秀は座っていた場所を立って窓辺に行った。

バースがいる開けっ放しの窓のところに立って、秋めいてきた青い空を見上げる。

「星よ……」

どうしよう、と呟いたのは一人や二人ではなかった。

隣町で車の修理工をしている佐藤達也は夕方、週末でもないのに実家の魚藤に帰っていた。何故なら高校を卒業して以来初めてのデートのチャンスが訪れて、しかし一人暮らしの団地にある服が全て洗濯を待つ状態だったので服を取りに来たのだ。

デート用の服ではないが一応洗い立てのTシャツを着ようなどというごく普通の感性が、何故達也をこんな目に遭わせるのか。

「こんにちは、達也くん。ここで会えてよかった。今、丁度達也くんに会いに行こうと思ってたところだったんだ」

達也が竜頭町出身だと知って、定食屋の娘が百花園に行きたいと言った故にスッと決まったデートの待ち合わせは百花園前で、けれどそこで達也が最初に会った人物は星に思いを囚われた秀だった。

「こんちは先生……何故、丁度、俺に？」

そんな風に訪ねていただく間柄だったかと、達也が緊張感に塗れる。

「訊きたいことがあって、隣町に行こうとしていたところでした」

「あの……先生、そんなちょいちょい俺に会いに来られても俺……」

「ごめんなさい……迷惑だよね……」

困る、と言い掛けた達也に、初めて秀がその当たり前の結論に思い至った。

「いやっ、迷惑なんてそんな！　でもよ先生、俺いつもなんも答えられてねえよな？　ほら、訊きたいことはその辺に座ってる賢そうなじいちゃんとか……」

「お待たせ」

あたふたと言い訳した達也の隣から、明るい少女の声が届く。

「お……いや、待ってねえけど。でも百花園もうすぐ閉まるぞ」

振り返って達也は、定食屋の娘、優花(ゆうか)がいつもとは全く違う服装で立っているのに見とれた。

達也が優花に会うのはいつも定食を食べているときで、優花は店を手伝うのにTシャツにデニムでエプロンをしている。

けれど今日は初めて、ワンピースを着ている姿を見た。

ここで、自分のためにオシャレをしてきてくれたとまでは思い至れないのが、達也の大いなる弱点だ。とびきりのモテない秘訣(ひけつ)である。

「どした。今日はかわいいな」

それでも達也は、こういうところはきちんと褒めることができる男だった。

優花も嬉しそうに、可愛(かわい)らしく微笑(ほほえ)む。

「……こんにちは。達也くん、彼女？」

さすがに邪魔だと気づいた秀が、一歩引いて優花に笑いかけた。

「こんにちは。外で会うのは今日が初めてなんです」

物怖(ものお)じしない優花にはしかし、白いシャツにグレーのスラックスを着たぼんやりとした美しい青年が、親しみを込めて微笑んだことは一切伝わらない。

初めて会った人間に秀の微笑みを解するのは、モナリザの微笑みを読み解くより困難な話だった。

「初デートなんだね。じゃあ、達也くんまた後で」

邪魔はしないけれど尋ねることはあきらめない秀が、それでもここは去ろうと二人に頭を下げる。

「あ、何か達也くんに用事なんですか？　あたし待ってますから大丈夫ですよ」

普段接客業をしている優花は、笑わないミステリアスな大人にも少ししか困惑せず、仕事柄と物怖じしない性格から秀に笑った。

「そんな……でも、短い質問を一つしたいだけなので甘えてもいいかな。達也くんにはなかなか会えないし」

いやそんな気遣いは本当に無用と達也が優花に言う前に、秀が達也に向き直る。

「達也くん。僕が生まれた星って何処なの？」

遺憾（いかん）ながら秀にはこのとき、デートの時間を邪魔してはならないからなるべく簡潔に、という思いやりの心があった。

もちろんそれは達也にも優花にも伝わるわけがなく、陽に当たらないので白い肌をした青年が透明なまなざしで佇（たたず）むのに、言葉の意味は何処までも深まる。

「達也くん、あたし今日は帰るわ」

「え、ちょっ、ちょっと待てよ……なんでそんな急に」

「いや、あたしこういうのちょっと、ごめんね！　あれでしょムーみたいなやつ？　達也くんそっち系だってあたし知らなくて……あはは全然ダメなのそういうの。またね！」

お店に来てーと言い残して、かわいいワンピースで来てくれた優花は花も見ずにすたこらさっさと立ち去ってしまった。

「優花ちゃん……」

「……あれ？　彼女、どうしたの突然。ムーってムー大陸のムー？」

達也が手を伸ばした先に既に小さくなってしまった優花を見送って、秀が己の不始末に全く気づかず首を傾ける。

「……先生……」

「はい」

「責任取って俺と百花園デートして……」

やけくそ以外の何物でもなく、毒を食らわば皿までと達也は秀を百花園に誘った。

「大人二枚！」

三百円、を受付に置いて達也が百花園の中に入る。

「達也くん……お金」

「いいのいいの。今日奢ろうと思ってたの俺、百花園。誰かに奢ろうと思ってたの」

「ごめん……僕のせいだよね。あの可愛い女の子」

ようやく自覚が生まれて秀は、地の底まで落ち込んだ。

「まあ、いいっす。まだなんも始まってねえし。座ろ、先生」

萩のトンネルを眺めるベンチが空いていたので、達也が座って秀を手招きする。

「でも、せっかくのデートだったのに」

「正直、先生の一つや二つで無理とか言われるなら、今日中にどっかしらで無理だったよ」

言いながらも達也は、一つでも充分多いのに秀が二つもあったら、自分はとうとう死んでしまうかもしれないとも思った。

「そうかな?」

遠慮がちに達也の隣に腰を下ろして、秀はまだ反省が終わらない。

「そうでしょ。かわいい子で、ここ来たいって言うから誘ったけど」

ベンチに手をついて花木を見上げ、達也は大きく息を吐いた。

「俺もあの子のことなんも知らねえし。ムーがダメとかさ、へえそうなんだって今驚いてるとこ」

よく考えると本当に何も知らないと改めて気づいて、自分に呆れ返る。

「なんつうか、人恋しいもんだから名前くらいしか知らねえ女の子とデートしようとしたわけ。

そんなんまた、ろくなことになんねえよ」

「またって」

「早めに先生が現れてくれて、良かったんじゃねえの。これ」

実家に寄って夕飯でも貰おうと、達也は肩を竦めた。

そんな達也の横顔を、秀がじっと見つめる。

「どうして達也くんは、こんなにやさしいのに恋愛が下手なの？」

「真顔ですか先生……」

まっすぐ痛過ぎるところを突かれて、息の根が止まって達也は目を見開いた。

「だって、多少漏れ聞くところによると、達也くんの恋愛ってなんだかいつも」

達也自身から聞かされたこともある同級生の話や、達也を心配する真弓のぼやきを、秀はきちんと覚えている。

「達也くんらしくないように思えるよ」

少し言葉を選んで秀が言ったことは、達也自身にもどんなことなのかよくわかった。

「なんでかなあ……。てか、かわいいなとかそういう感じで恋愛始めちゃうやつなんて、いっぱいいると思うんだけど」

見慣れているから余計に懐かしく思える百花園の木々を眺めて、そんなに多い訳でもない過去の恋愛を達也が振り返る。

「俺いつも、相手か俺か、どっちかすげえかわいそうなことになっちゃうんだよね。もう彼女とか欲しがるのやめたらいいのかな」

初恋は真弓で、似た女の子を選んで泣かせたことや、一緒に卒業できなかった一つ年上の同級生田宮晴(たみやはる)のことを思って、明るい気持ちにはとてもなれなかった。

「……なんて、俺なんでこんな話先生にしてんのかな」

軽く笑って終わらせようと、達也が声を高くする。

「それは僕が訊いたからだよ」

「なんでそんなこと訊くんだよー。かわいそうだろ俺が」

「だから……どうしてって、思って。かわいそうじゃなくなって欲しいなと思って」

常日頃から何を思っているのか全くわからない秀が、自分についてそこまで考えてくれていることに達也は素直に驚いた。

「なんだよ。やさしいな、先生」

「そんな僕は何処の星から来たんだと思いますか」

笑った達也に、秀がまた真顔で尋ねる。

二度訊かれて本気の問いだと知り、確かにそんなことを言ったことがあると達也は鼻の頭を掻いた。

「……先生、悪かったよそんなこと言って。傷ついたのか？　なんつうかこう、ふざけただけなんだよ」

そんなに深刻な意味合いではないと達也は言いたかったが、秀にそう言った言葉を向けているとき、いつも自分は割と深刻な状況に追い込まれていることも忘れていない。

「もしかして、かわいいと思ったの？　僕のことを」

「何それ！　なんなのそれ‼　……うわっ」

じっと見られて「かわいいと思ったの？」と問われて、迂闊に達也は秀の透明な瞳に捕まってしまった。

「やめろ！　やめてくれ‼」

好きだったけれど見送った晴と少しタイプが似ていることに突然気づいて、秀の顔が晴に重なる。

「どうしたの？　達也くん。大丈夫？」

「全然大丈夫じゃねえ！　俺はっ、こんな‼　先生にドキッとするとか……っ」

一生の不覚、あり得ないと言ってはさすがに秀に悪いと言葉を飲み込んで、達也は頭を抱えた。

「勇太が、僕のことを地球外生命体だっていう人は、みんな僕のことをかわいいと思って言ってるって言うから……」

「あの……俺もうこの辺で勘弁してもらえませんか」

「達也くんが誘ってくれたんだよ」

勘弁してとは理不尽だと、秀がただでさえ明るくはない瞳を悲しみに曇らせる。

「何に？」

「百花園デート」

「すみません……本当にすみませんデートになんか誘って。もう二度と言いません先生の生まれた星のことは」

そもそもなんでそんなことを気にするのだと、達也は話の主旨など全くわかっていなかった。

「秘密にして欲しいわけじゃないんだよ」

「え⁉　やっぱり宇宙人なの⁉」

「僕は自分が何処から来たのか知りたいだけなんだ……」

何故伝わらないのだろうと溜息を吐く秀は、もはや達也の気持ちなど一切慮（おもんぱか）れていない。

「星よ」

澄み渡る九月の空を見上げて、秀は自分の生まれた場所を探した。

「どうしよう俺、猛烈に泣き出したい」

「情緒不安定だね。達也くん」

「息の根が止まりそうです」

「いい恋して？」

そうすればきっとその情緒不安定も治るはずだと秀が、己に原因があるなどと少しも考えずに微笑む。

「わかりました。なんか次はがんばれそうっス！」

「力強いね」

「がんばんねえとやばいっス！」

どんな弾みでもこの人にときめくとは大事故の予感しかしないと、達也は誓いを新たにした。

「ファイト」

秀なりの精一杯の拳を、小さく達也の前に翳す。

何処まで本気なのか何を考えているのか相変わらず全て不明の秀に、やっぱり次も頑張れない予知夢が見えて、達也はがっくりと項垂れた。


「予感はあった」

夕暮れの商店街、木村生花店の店先で丸椅子に座って左右対称になる仏壇花を小さく纏めながら、店主の龍は思ったことがいつの間にか口から出ていた。

「なんの予感ですか？」

予感の源、秀がもう一つの椅子で、モタモタと花を纏めるのを手伝っている。

「いや……予感じゃなくて、予言があってな。先生」

「どんな予言ですか？」

それは恋人の明信が大学に行く途中で龍に、「兄の大切な人が何か尋ねに来るかもしれませんが決して無下にしないでください。そして何処の星から来たと言わないでください」と、謎でもなんでもなく残した言葉のことだった。

「先生……そろそろ夕飯じゃねえのか」

「お手伝い」

既に泣いているような情けない声を出した龍に、毅然と秀はモタモタ花を括る。

「終わり次第帰宅します」

「もう、いいよ。秋彼岸もまだだし、どうかどうかおかまいなく」

「僕は」

不意に、手を止めた秀にまっすぐに見られて、龍は達也同様息の根が止まった。

「足手まといでしょうか……」

「いいえ！　おかげさまでほらっ、もう明日の仏壇花は充分！　充分だ先生‼　先生のおかげだ！」

折に触れ秀に「いったい何処の星から」と言った自覚は龍には山とあって、知らぬ間にひっそりと恋人がそのことに腹を立てていたと本日知らされた龍は、二重三重に取り乱していた。

「僕は今やっと一組纏めたところで、しかもなんだか不格好……」

「そんなことねえ。感謝してる！」

「どうかしましたか。龍さん」

「どうもこうも……」

澄んだ瞳で問われて、龍が肩を落とす。

まず、明信はそう簡単に龍に怒ったりしないし、痴話喧嘩(ちわげんか)レベルならかわいいものでその場で顔に出ることもある。言ったらそういうかわいいもの以外で明信が怒ることがあれば、相当だ。いつ何時怒らせたことがあるか、龍は考えてもわからないので明信は龍に向かって怒ったことがないのかもしれない。

その明信が、「何処の星から来たと言わないでください」と言ったとき、どう見ても明らかに怒っていた。

「いつから怒ってたんだよあいつ……明も先生も俺はもう怖い」

「いつもお花が、本当にきれいです」

花屋の真ん中に座って秀が、何処かの庭を訪ねたような風情で呟く。

「まあ……それはうちは花屋だからな」

迂闊なことは言えないと、龍の口からはごく普通のことしかもう出て来なかった。

「僕の星ではどんな花が咲くんでしょうね」

問いを投げられて、何も口に含んでいないのに龍が思い切り噎せる。

「大丈夫ですか、龍さん。今日はお加減が悪そうですね」

ご丁寧に心配してくれて秀は、龍の背中を白い手で撫でさすった。

「やめて……くれ、先生。俺が悪かった……っ」

無意識の秀が下から上へと逆撫でするのが存外効いて、龍は噎せる喉が治らない。

「何が悪かったんですか？」

「だから……先生の星のことはもう言わねえから……っ」

「ですから、秘密にしていただきたいわけではないんです」

「やっぱり宇宙人なのか!?」

咳も突然止まって龍は、目を見開いて体を起こした。

「あなたがそう言ったんです」

「それは……本当に悪かったよ、先生。そんなに気にしてるとは気づかなくて。いやホントにすまなかった！」

これはもう謝るしかないと龍が、膝に掌をついて思い切り頭を下げる。

「いえ。実はそんなに気にしていません。よく言われるので」

「何処の星から来たって？」

「はい。星も国もよく言われます。何処にいてもとにかく、何処から来たと訊かれます。そうすると僕が来たところは何処にもないですよね」

秀が言いたいことはわずかに龍にも伝わって、そんな途方もないことにはいよいよ答えようもないと頭を掻いた。

「……でも、どっかからは来たんだろうよ。先生も」

「星の記憶はないんです」

「もう星のことは忘れてくれ！」

「ですから、何も覚えていないんです。龍さんご存じなら、どんな星なのか教えてください」

何処の星からと秀に何度も龍は言ったが、その罰にしては随分と盛大だと項垂れたくなる。

けれど怒らない明信があああして静かに怒っていたことを思うまでもなく、随分と無神経なことを言い続けてきたと思えども、もはや龍も何処から謝ったらいいのかわからなかった。

「僕の星」

きっとそこにあるとそんな風に、秀が店の外の空を探す。

「秀さん」

助けてくれと叫び出しそうになった龍の目の前に、まさにその助けである明信が現れた。

「明……」

「明ちゃん」

「帰ろう、秀さん。夕飯、今日は僕が作るから」

きっとここだろうと見当をつけていたのか明信は、きちんと秀を回収に現れてくれた。

「あ、お夕飯」

「理奈ちゃんのとこで揚げ物買いました。お味噌汁と野菜炒めで、夕飯にしようよ」

既に隣の揚げ物屋で総菜を買った明信は、今日はとにかく秀を連れて帰ることだけを目標としている。

「明……助かったぞ」

立ち上がった秀に息を吐いて礼を言おうとした龍を、笑わずに明信は一瞥した。

「懲りてね」

それ以上でもそれ以下でもない言葉を残して、滅多にない冷淡さで恋人が家人を連れて去ろうとする。

「お邪魔しました」

「先生」

行こうとした秀を、龍は呼び止めた。

「先生の星の花はすごくきれいだと思うよ」

「龍ちゃん全然懲りてない！」

せめてもの慰めは明信の逆鱗に触れて、恋人がもう振り返りもしないのに、龍はこの数十分で十年が経ったかのように疲れ果てた。

総菜を飯台に置いて夕飯前に明信が、大河以外の全員が揃った居間で、思い切って口を開いた。

「人類アフリカ起源説っていうのがあってね」

突然アフリカまで飛んだ明信に、けれど家族は誰も何故そんなに遠くへとは問わなかった。何しろ秀は、空の彼方に故郷があると縁側に立って星を見上げている。

「ミトコンドリア・イブだね……」

同じ説を知っている秀が、空を見ながらぼんやりと言った。

「アフリカ……」

「ミトコンドリア……」

「イブ……」

何一つわからない、真弓と勇太と丈が、並ぶ単語の凄まじさにただただざわざわする。

「そう。人類の遺伝子は、全てたった一人のイブに繋がっているという」

「なんでそれがミトコンドリアなんだ?」

「それは後！　丈兄‼」

とにかく明信が何処かに行ってしまった秀を連れ戻してくれるなら、ミトコンドリアにでもなんにでもなると、真弓は丈を窘めた。

「イブをたった一人と仮定するのは少し……」

「ごめんそうだった。ミトコンドリア・イブの遺伝子を持った母胎の集合体が、アフリカに存在して」

ぼんやりと突っ込んだ秀に、明信も言い過ぎたと起源説を問い直す。

「待てや明信。なんや知らんけどそれ、話ずれとるんとちゃうか」

全く意味はわからないが明信が横道に逸れたことはすぐさま察して、勇太は慌てて軌道を戻した。

「そ、そうだ。だからつまり、僕たちはみんな同じミトコンドリア・イブを母に持ってるんだよ。僕も、勇太くんも、丈も真弓も、大河兄も、秀さんも」

すなわち我々は皆兄弟であるという結論に導きたい明信の声が、いつもより大きく張る。

「いいぞ明ちゃん。なんかオレもうごまかされてる！」

「丈兄ごまかしても意味ないじゃん……でもがんばって！」

「俺もなんや説得されとるで。行け明信！」

外野は小声で、必死に明信を応援した。

秀がこの、何か薄い布を纏ったような膜が掛かったぼんやりの中に突入すると、通常簡単には戻らない。それが大河との大喧嘩に繋がったり、危険な食事に発展したりするので家族には大問題だ。

「ねえ秀さん。僕たちのイブは同じ母だよ」

応援されている明信のみが、秀の漠然とした不安を宥めようという誠意に満ち溢れていた。

常日頃から明信は、たとえどんなに秀が宇宙でも宇宙人扱いするのはいかがなものかと、人々の言動を問題視していたのだ。

「それってでも」

おとなしく聞いていたかに見えた秀が、ようやく星を探すのをやめて振り返る。

「地球の話だよね？」

真顔で尋ねた秀に、力なく明信は畳に両手をついた。

「秀！　秀も地球の人だよ！　勇太の言った通り、秀のこと宇宙人って言う人は愛と親しみを込めてるんだよ‼　あだ名だと思って⁉」

どうしてそんなに気にすると、真弓が力技で秀を押し切ろうとする。

「愛かな？」

真弓に与えられた言葉を、立ったまま秀は反芻した。

「僕、もうここでは訊かれないと思ってたんだ」

また外を眺めて、秀が呟く。

「何処から来たって」

その声の寂しさに、もう誰も言葉が出なくなった。

「やっぱり僕は何処かから来たのに、みんなみたいにそれが何処なのかもわからなくて」

何がそんなに寂しくて悲しいのか、ようやく全員にゆっくりと伝わる。

「せめて何処から来たのかくらい知りたい。ここの人じゃないなら」

最初からわかっていた縁側のバースが、秀を慰めるように「くうん」と鳴いた。

「んなこたどうでもいいだろうが」

不意に、居間の戸口から、いつの間にか帰宅していた大河の声が響く。

スーツのネクタイを緩めている仏頂面の大河に、秀以外の人間は何を言うのかと息を呑んだ。

「どうでも良くないよ……僕だけわからない」

「俺がどうでもいい。おまえがどっから来たとか、本当にどうでもいい。今おまえはここにいるし、これからもここにいる」

断言した大河に、秀の瞳にわずかに色が戻った。

「そうなの？」

「ああそうだ。おまえは死ぬまでずっとここの人間だ。忘れちまったようなことなんかより、そっちの方がよっぽど大事だろうが」

「……うん。大切」

言われた言葉を秀はきちんと聞いて、それこそとても大切そうに食み返している。

「おまえが何処の星から来てようと、帰すつもりはねえぞ」

外したネクタイを持て余して、大河は大きく振った。

「本当?」

大事な頼りを見つけたように、秀がじっと大河を見つめる。

「当たり前だ」

何を今更と言った大河に、ようやく秀は安心したように微笑んだ。

「よかった。僕、ここにいるんだね」

頷いた声はもう、いつもの秀に戻っている。

「お味噌汁作るね」

「そうしてくれ」

白い割烹着を摑んで秀は台所に向かい、大河はスーツを始末しに自分の部屋に行ってしまった。

居間に残された四人で、秀と大河がそれぞれ立てる音を聞く。

「冷やかしたいけどできない……」

「寒いて言いたいけどゆわれへん……」

「アニキ百年に一回くらいのかっこよさだったな……」

「でもきっと」

何か悔しいと真弓と勇太と丈が呻くのに、明信は大きく息を吐いた。

「秀さんの前では、大河兄っていつもああなんじゃないのかな」

もう嬉しそうな背中で味噌汁の出汁を取り始めた秀に、明信が苦笑する。

「僕たちは今日、秀さんをどうしようって思ってたけど。大河兄はなんていうか」

着替えた大河もいつも通り洗面所に向かって廊下を歩いて行ったが、台所の秀を気にしたのは全員にわかった。

「大河兄は、今日も秀が好きなだけだったんだね」

「そうそう」

笑った真弓に、明信が頷く。

「ほんならいっつもそないしといてもらいたいわ。喧嘩せんと」

素直に感嘆してやることはできずに、勇太は肩を竦めた。

「それはほら」

手洗いうがいをした大河は珍しく台所に入って、秀の手元を覗き込んでいる。

「二人の問題」

何か小さなものを秀が大河の口に入れるのに、見ている方が照れて明信は笑った。

「そらそうだな」

そんな大河と秀を羨ましげに見て、丈も呆れたように笑う。

縁側のバースもひと時の平和を堪能する、星のきれいな秋の夜だった。

次男がタイプの
彼氏はファザコン

Ryuzucho
3-chome
obinatake no
Kurashi no
Techou

「あれ？」

子どもの頃からの習慣で居間のカレンダーに自分の予定を書き込んで、竜頭町三丁目帯刀家末っ子で大学一年生の真弓はあることに気づいた。

「どうした」

朝も早くからむさ苦しく無精髭のまま新聞を広げている帯刀家長男で家長の大河が、末弟の声に気づく。

「俺、地方遠征あるから来週の週末いないんだけど……」

大学に入学して軟式野球部のマネージャーになった真弓は、秋のリーグ戦を前に地方での練習試合に行かなければならなかった。

「すっかり忙しい大学生活になっちゃったね」

一通り皆が食事を終えてそれぞれに茶を注いでいる、大河の恋人でその大河が担当しているSF作家でもある阿蘇芳秀が、いつもの白い割烹着で少し寂しそうに微笑む。

「この日、丈兄も合宿なんだ？」

帯刀家三男のプロボクサー丈は朝食を取り過ぎてしまい、縁側で老犬バースを撫でながら横たわっている。

「おう。なんかでも遊びみたいなやつだな。川原でバーベキューするんだと」

それはそれで楽しみだと、丈の声が弾んでいた。

「大河兄と秀はなんでいないの？」

新聞を広げている大河に茶を注ぐ秀を見るにつけ、古過ぎる時代の夫婦だと最近では呆れながら真弓が尋ねる。

「取材旅行だ」

「ＳＦなのに？　何処行くの？　宇宙？」

簡潔に答えた大河に、真弓は疑問をそのまま声にした。

「いや、向こうが秀に取材したいって言うんで。まあ、宇宙ステーションなんだがな」

「初めてなんだよ、行くの。楽しみなんだ」

珍しく秀は外出に積極的なことを言って、本当に楽しそうだ。

「ふうん。そして勇太と明ちゃんだけが何処にも行かないんだ……」

帯刀家四人目の外泊予定を三人と同じ日に書き込んだ真弓は、爪を切っている恋人で山下仏具の職人でもある阿蘇芳勇太と、いつでも本を開いている帯刀家次男の明信を見た。

明信は大学院生で、いつでも何処でも眼鏡姿で本を読んでいるが、商店街の木村生花店の店主龍の恋人であるという意外性を持っている。

「なんか、心配」

無関係そうに見える勇太と明信が、もしかしたら初めて二人きりでこの家に残ることに、嫌な予感がして真弓は口を尖らせた。

「何がだ」

尋ねてくれたのは大河で、勇太も明信も、真弓の心配など聞いていない。

「だって」

「だってって言うな」

「じゃあなんて言ったらいいの？　勇太の一番好みのタイプの明ちゃんと勇太が二人きりで一晩過ごして、勇太が悪さしたらどうしようって？」

いつもの台詞で長男に咎められて、突然の心配に包まれていた真弓は思ったままをそっくりそのまま言葉にした。

気持ちを包み隠さないのは、真弓の大きな長所であり巨大な欠点だ。

その突然の不安には、バースと戯れていた丈も、そのバースも、大河も秀も、名指しされた勇太も目を瞠る。

当事者の一人である明信だけが、物語が佳境で本から戻らずにいた。

「なんなんやいきなり」

さすがに爪切りを置いて勇太が、痛くもない腹を探られる意味がわからないと少し尖った声を上げる。

「いきなりじゃないよ！　勇太が本当は明ちゃんの方が好みだって言ったこと俺忘れる日はないよ‼」

「何年前の話や執念深いやっちゃな！」

真弓が不安な上に勇太の声が荒れたせいで、食卓では唐突に痴話喧嘩が勃発した。

「三年前です！　でも今年だって龍兄が行方不明になったとき明ちゃんと浮気したって龍兄が言ってたもん‼」

恋人の龍の名前が出てようやく明信は現実に戻ったが、一体どうして自分が渦中の人なのかさっぱりわけがわからない。

「どうしたの真弓……ここは何処私は誰……」

痴情の縺れなど全く無縁で生きてきた明信は今、「モンテ・クリスト伯」とともにシャトー・ディフという監獄島にいたので、現実の猥雑さには息の根も止まった。

「三年前に明ちゃんの方がいいって言って、そんで今年は浮気したんだよ⁉　二人きりで一晩なんてそんなの何が起こるかわかんない！」

「せやから浮気はしてへんて！　そら明信の方が好みやとはゆうたけどなんもしとらんやろが‼」

そもそもこういうことで言い訳などしたことのない勇太は、直球に直球で返してしまい傷を広げて丁寧に塩を塗り込む。

「……なんもって、何……え、どういうことなの。何があったの。僕は何かされたの……」

怒濤のように展開する居間の惨劇に、明信は力なく呆然としていた。

「好みは好みのままなのかよ。それは信用できねえな！」

「でしょ⁉　丈兄も心配だよね？」

「どうしようもう生きて行けない……」

白熱する弟たちに、明信の心は既に陵辱の限りを尽くされていた。

「落ち着けって……真弓。いくらなんでもそんな、勇太と明信がなんて」

「そうだよ、真弓ちゃん。勇太もそこまで短慮じゃないと……思うよ。多分しないと思う」

大河は真弓を諌めようとしたが、庇おうとした養父の秀は、言いながら京都時代の勇太の記憶がフラッシュバックしてしまい擁護が曖昧になる。

「思うって何？　そういえば勇太は、秀の寝込みだって襲ってやろうと思ったことがあるって言ってた！」

「それは言葉のアヤや！　いっぺんも襲わんかったやろが‼」

「……え。おまえ秀を襲おうと思ったことがあったのか？」

勇太の言い回しに本気を感じて、秀の恋人である大河は息を呑んだ。

「あったけどせんといてやったっちゅうとるやろが！　おまえは俺に感謝せえ‼」

「そ、そんな勇太……僕たち本当の親子みたいに仲良く暮らしてたじゃない……」

「おまえの目は節穴通り越して穴でさえないな。こないに人の色気を感知できひんのをようやれたもんやな大河。その甲斐性には心の底から感心するわ」

精一杯目を瞠っている秀に呆れて勇太が言い放つのに、大河は既に過ぎ去った日々に秀が無事だったことを何処に感謝したらいいのかわからず、とりあえず仏壇の両親に感謝した。

「……父さん、母さん、ありがとう……」

正しい錯乱である。

「秀にまで色気出して……てゆうか、勇太本当に俺のこと好みじゃないんだね。秀、明ちゃん、そんで俺だとラッキーセブン揃わないみたいなもんじゃん。びっくりする！」

「最初からゆうとるやろが！　おまえみたいなキャンキャンしたんは俺の好みと全然ちゃうて‼」

「じゃあ本当の好みってどんな⁉」

「そないなこと今更聞いてどないすんねん！」

「一生気になるよこれ！」

恋人としての真弓の言い分はあまりにももっともだったが、この家にはそのごく普通の恋人のヤキモチに共感できる神経の持ち主がなんと存在しなかった。

真剣に答えを求められたので、仕方なく勇太が真摯に考え込む。

「……美人で」

陵辱され終わった人のようになっている明信は、自分は違うのに何故と、完全に陵辱され終わった人の思考になった。

「おとなしゅうて、そこそこ思慮深こうて」

絞られていく条件に、何処までも生き残る人物はキョトンと茶を注いでいた。

「一見何考えとるんかわからへんような……」

「それ完全に秀じゃん」

名前を出されて真弓に指差されて、初めて秀にその衝撃が伝わって急須が落ちる。

すんでのところで、なんとか大河がそれをキャッチした。

「俺全然勝てないじゃん。秀になんか勝てるわけないじゃん」

「あんな」

怒っていたのに半べそになってしまった恋人に、不意に、勇太の声がやわらかくなる。

「秀は俺にはおとんや。他のなんでもあらへんわ。おとんや」

改めて今現実であることを勇太が真弓に告げると、間抜けに両手で急須を摑んでいた大河の唇からエクトプラズムがはみ出た。

「おまえのことは、ゆうたらどっこも好みとちゃうわ。上から下まで全然色気も感じひん」

「……ひどい」

散々なことを言われて真弓が、唇を嚙(か)んで俯く。

「せやから毎日、びっくりしとる。なんでおまえのことしか俺」

下を向いてしまった真弓の黒い髪を弾いて顔を上げさせて、勇太は苦笑した。

「好きちゃうんやろって」

小声で勇太が、思うままを教える。

「勇太……」

まっすぐな言葉はきちんと真弓の胸に届いて、泣きそうだった瞳が開いた。

「こないなこと朝からゆわすな、あほ」

存分に恥ずかしいことを言った自覚はあって、勇太がそっぽを向く。

「いっぱい言ってよー！」

すっかり機嫌を直して真弓は、勇太の腕にしがみついた。

「聞かせないでくれあほ……なんでオレ、モテねえのかな……」

一人独り者の丈が遠い目をして、バースの腹に懐く。

「よう、おはようさん」

その縁側の向こうの庭に、いつも似合わない花屋のエプロンを付けた龍が、青紫色の竜胆を担いでふらりと現れた。

「新人の花屋がまた競り入れ間違えて、竜胆山ほど落としちまって。さすがに売り切れねえから、仏壇に飾ってくれ」

「龍ちゃん。来週の土曜日僕を泊めてください」

ごく普通の用件を言った龍の言葉を聞かずに、明信が静かな声を聞かせる。

「かまわねえけど、どした」

「とても言葉にはできない」

突然家族の前で明信がそんなことを言うなんてと驚いた龍を、恋人は無視して大きな息を吐いた。

勇太と真弓は幸せに寄り添って、大河と秀はくたびれきっている。

バースに人間の言葉が話せたなら、「乱れています！」と大きな声で叫びたい、そんなに平和でもない秋の始まりだった。

竜頭町三丁目
まだ三年目のハロウィン

Ryuzucho
3-chome
abinatake no
Kurashi no
Techou

何を着たらいいのかさっぱりわからない、まだ暑かったり突然冷えたりもする十月。

大学一年生になって軟式野球部のマネージャーに勤しんでいる、竜頭町三丁目帯刀家の末っ子帯刀真弓は、竜頭町商店街を家に向かって歩いていた。

「なんかオレンジ色……」

部活がなくても黒いジャージが楽で楽でつい着てしまうジャージ姿の真弓は、ふと、見慣れた商店街がオレンジ色と黒で微妙に染まっていることに気がついた。

「あ、わかった。ちまたで噂のハロウィン。へえ……とうとう竜頭町にもハロウィンの風が」

ここ数年世間では十月に入ると、ハロウィン、仮装、お菓子、かぼちゃ、パーティ、みたいなもので楽しそうに盛り上がっている。

「いいな、ハロウィンって。なんなのかよくわかんないけど」

よくわからなくても、行事ごとで人が楽しそうにしているなら自分も参加したいのは、真弓のごく普通の子どもっぽさだった。

「なんと木村生花店までハロウィン仕様」

帯刀家長女志麻の同級生、次男明信の恋人である木村龍が店主をしている木村生花店に微妙にプラスチックのかぼちゃが下がっているのに驚いて、中を覗く。

今は仕事が途切れたのか、龍と兄がレジ台の近くに座って茶を飲んでいた。

「こんにちはー」

なんの遠慮もなくいつものように、真弓がガラスのドアを開けて中に入る。

「あ、真弓。おかえりなさい」

家ではないのについ兄が、弟におかえりと笑った。

「おー、元気に部活やってんのか」

大学に入って真弓が軟式野球部のマネージャーを始めたことは町の皆が喜んでくれていて、龍がジャージ姿に肩を竦める。

「今日は朝練があっただけ」

店内を見ると、レジ台にも小さなプラスチックのかぼちゃがあって、よく見ると龍も明信も木村生花店のエプロンにかぼちゃのバッジを付けていた。

「ねえねえ、なんと龍兄もハロウィンなの?」

店がぼんやりとハロウィン仕様であることに驚いて、真弓が店主に尋ねる。

「え? ハロウィン?」

なんのことだと龍は、吸おうとしていた煙草を灰皿に置いた。

「だってほら。それとかこれとか、店の外にもかぼちゃ」

エプロンとレジ台と、店の外にささやかに下がっているかぼちゃを指して、真弓が眉を上げる。

「ああ、これか。なんか配られたんだよ、商工会で。十月からかぼちゃ飾ってかぼちゃ付けろって」

その理由を全くわかっていない龍に、困ったように明信が笑っていた。

「嘘、龍兄もしかしてハロウィンだってわかってないの？」

少し揶揄うように呆れたように、真弓が龍を煽って見る。

「都会じゃないんだから、この辺で生活してたらハロウィンなんてよくわからないよ。テレビではやってたりもするけど」

見かねて明信が、そう恋人を馬鹿にしてくれるなと苦笑して言葉を挟んだ。

「ああ、これハロウィンってやつか。聞いたことはあるけど、なんのことだかさっぱりわかんねえよ。魚屋でも隣の揚げ物屋でも、本屋でも鮨屋でも酒屋でもかぼちゃ付けられてるぞ。商店街中、今年からだ」

そしてそのかぼちゃを配られた多くの人々は「冬至が近いからかぼちゃなのだろう」と思うのがせいぜいだとは真弓にも想像がついて、誰が言い出したのかと首を傾げたくなる。

「そっか。でも都会のお店もそんな感じなのかも。大学の近くとか、かぼちゃでいっぱいだよー」

竜頭町も一応都内なのだが、下町中の下町だ。

明信の言う都会というのは、新宿渋谷六本木など、この界隈の人々の生活圏からは遠く離れた都心のことである。高校生までは真弓もほとんどそこまで出かけることはなかったが、今は大学が高田馬場なのでそこそこ都会の風を感じることはあった。

「百貨店やお菓子屋さんは、店員さんも仮装してたりするよね」

「仮装？」

微笑ましそうに言った明信に、心からハロウィンに興味を持ったことのない龍が尋ねる。

「うん。ハロウィンって、一番行事として定着してるのがアメリカかな。子ども達が仮装して、『お菓子をくれなきゃいたずらしちゃうぞ』って家々を回ってお菓子を貰うんだよ」

「とんでもねえクソガキどもだな」

だからお菓子屋さんが仮装しているという明信の説明に、なんていけ図々しい悪ガキどもだと龍は肩を竦めた。

「行事なんだよ」

理解する気がない龍に、あきらめて明信が笑う。

「でも言われたらケーキ屋さんの店員さんとか、魔女の帽子みたいなの被ってる。ちょっと楽しそうだよね」

お祭りごとはなんだかわからなくても参加したいと、真弓は空いている丸椅子に勝手に座った。

「楽しそうか？」

「うん。だって仮装する機会とかないじゃん。してみたい俺も」

テレビでは同世代の若者が集って仮装パーティをするのを何度か見たことがあって、確か十月の末日だったと真弓が口を尖らせる。

「うちのゼミでは、やってるよ。西洋史学だから……なのかなんなのか、お祭り好きの先輩方がやってる」

抗えない女性陣を思い出しながら、苦笑して明信は真弓に新しく淹れた茶を渡した。

「えー、羨ましい！　じゃあ明ちゃんも仮装するの⁉」

「最初の頃はね……」

その抗えない女性陣にとても家族にも龍にも言えない衣装を着ることを強要されて、ぺーぺーでしかなかった頃の明信は従うしかなかった。

ハロウィン自体に抗う気持ちはないが女性陣が用意する衣装には激しい抵抗があって、明信はここ数年は「バイトが」と言ってパーティの参加を辞退していた。

「どんな仮装してたの？」

そんな明信の胸の内を知らず真弓が、無邪気に兄の仮装を尋ねる。

遠く、山の奥にひっそりと水を湛える誰も知らない透明な湖のように澄んだ瞳で、明信はただ沈黙して微笑んだ。

「……なんか訊いてはならないやつだとはわかった」

兄がそんな目をするのは滅多なことではなく、これ以上突っ込んではならないと物わかりよく弟が理解する。

「でも、ハロウィン自体は興味深い習慣だし。仮装もね。僕は西洋史学……ええと、ヨーロッパの歴史をずっと勉強してるから。自分で選べるなら楽しいだろうとは思うよ」

大学ではなかなか凄惨な目に遭っているが、それで行事までは否定しないという無駄な公平さを明信はいつでも持っていた。

「だよねえ。仮装したいよー」

「おまえは祭りで女官もやったし、ガキの頃は志麻に散々着せられてただろ。なんかお姫様みたいなの着たのも覚えてるぞ」

仮装人生だったのではないのかと、龍が真弓の幼少期を回顧する。

「あ、シンデレラね。懐かしいな。幼稚園のときお遊戯会で着た。よく覚えてんね、龍兄」

感心して真弓は言ったが、そのときの気持ちを思い出して龍は今はすっかり黒ジャージの真弓を少し暗い気持ちで見た。

真弓の幼少期に龍はかなりの不良少年で、要は「ザ、漢！」という民族だった。そんな龍からすると男子として生まれて来たのに恐怖の長女によってドレスや振り袖を着せられ、更には幼稚園にワンピースで通わされていた真弓は、不安で不憫で理解不能の子どもだったのだ。

「おまえ、よくまっすぐ育ったな……偉い、偉いぞ」

なんだか知らないが大学に入ってからはすっかりそこら辺の男子以上に黒ジャージの真弓に思わず目頭が熱くなって、龍は隣の揚げ物屋から貰った「萩の月」を出した。

「隣の母ちゃんが仙台行ってきたそうだ。同窓会で」

元々は宮城県から嫁いできたと「萩の月」を貰うごとに思い出す揚げ物屋の女将のことを言って、龍がまっすぐ育ったご褒美に真弓の手に三つ乗せる。

「わー、嬉しい！　これおいしいよね。お菓子を貰ったからいたずらしないね？」

「すっかりハロウィンモードだね、真弓は」

真弓にとって楽しそうな行事なのはわかると、明信は笑った。

「うん。ハロウィンパーティやりたいなあ。みんなで仮装して」

「どこで？」

無邪気な希望をふんわりな気持ちで口にした真弓に、何気なく明信が尋ねる。

「んー？　どこで？」

そもそも真弓は、町がオレンジと黒になって月末になると仮装した人が歩いていてお菓子屋さんが魔女でかぼちゃだという程度にしか、ハロウィンを知らなかった。

高校時代はハロウィンパーティをやろうと言い出す友達もこの下町にはいなかったし、大学で今主に接しているのはハロウィンなど何処吹く風の野球部員たちだ。

「うーん」

具体的に何処でと考え込むと、答えは一つしか見つからない。

「うちで」

竜頭町三丁目帯刀家でハロウィンパーティがしたいと言い出した真弓の言葉を、このとき明信はまだ戯れのものだと思って笑っていた。

大学軟式野球秋季リーグ戦が終わって、四年生なのに無理をして現役でプレイをしていた部長大越忠孝と、副部長八角優悟は選手としての時間を終えつつあった。

大隈大学軟式野球部ではリーグ戦が終わった翌週改めて二人を盛大に労い、翌日は誰も彼もが酷い二日酔いに倒れた。

「大越さんも酔っ払うんですね」

省庁に入るための忙しい日々を送りながら現役生活を怠らなかった大越はいつも自分を律しているがその日はさすがに乱れて、余程恥じているのかしばらく真弓はその姿を見ていない。

「あいつも一応、一人の人間だよ」

そういう席では先に酔っ払われた者が負けだと相場が決まっていて、理性的に過ごさざるを得なかった八角を、真弓は大学近くの定食屋で夕飯にて労っていた。

「人間らしい姿を見て驚きました」

「しばらく立ち直れないかもな、あいつ。俺と二人で呑むときは多少酔っ払うんだが。秋季リーグ打ち上げ当日は俺が潰れたよ」

　後輩に醜態を見せて記憶にない大越が立ち直れるだろうかと、苦笑して八角が定食の魚を突つく。

「だけど、一年のおまえに奢ってもらうのは俺も気が引けるなあ」

　この定食屋は八角のなじみの店で、背中の傷のことでマネージャーを続けられるどころか社会生活を送れるのか真弓が悩んだときに、八角が連れて来てくれてしっかりと話を聞いて助言をくれた店だった。

「俺、マネージャー仕事全部八角さんに教わったし。選手としてプレイしながら八角さん半分手伝ってくれて、ホントはここでお礼ではすまないですけど。一年の精一杯だと思って許してください」

「何言ってんだ。最後の年におまえがマネージャーになってくれて、助かったのはこっちなのに。だけどそういうことなら、ありがたくごちそうになるよ」

　いつでもやさしく頼りになる八角は、八角らしい言葉で真弓に労いと礼をくれる。

　空腹のまま二人はしばらく無言で、焼き魚が香ばしい定食を食べた。

腹が満ちてだいたい器が空いた頃、八角が空になった生ビールのジョッキを眺めている。

「もう一杯いってください。大越さんの世話で八角さんこの間、ほとんど呑めてないんだから」

「すまんな。いやあ、先に酔っ払ったもん勝ちだよ。ああいうときは。……すみません、生もう一つ」

いつでも無口で潔癖で真面目で堅物で乱れることのない大越を全力で止められるのは八角しかおらず、真弓の言う通りその日八角は結局酒など呑めていなかった。

「大越さん……大丈夫ですかね」

「死にたいだろう。死にたい自分と今は闘っているところだろう。そのうち生きるさ、あいつなら」

さして心配せず八角が言うのに、真弓が笑う。

「はい、生一つ。秋リーグ終わったんだろ？　これはサービスだよ」

女将はきれいに泡の立った生ビールを置いて、陽気に笑うと礼を言う暇もなく厨房に行ってしまった。

「すみません、ありがとうございます！」

野球部員らしい大きな声で、その背に八角が礼を言う。

「……四年間、お袋みたいなもんだったなあ。女将さんは」

その時間ももうすぐ終わりだと、少しの感傷を込めて八角はジョッキを手に取った。

「そっか、アパート高田馬場じゃないんですよね」

実家は長野で今は一人暮らしだが、八角は大学には電車で通っていると思い出して、真弓もそれを寂しく思う。

「ああ。男の一人暮らしはなかなか最悪だぞ。早く結婚したい……」

このときはまだ真弓は、八角が結婚すれば長野の父と同じに妻が家事の全てをやってくれて母親が作ってくれるような料理を自分の妻が作ってくれる暮らしが待っていると思い込んでいることに、残念ながら全く気づけなかった。

「八角さん結婚早そう」

頼りになるしやさしいし女性が放って置かないだろうと、真弓はまだまだ男というものをわかっていない。

「だといいんだがな」

「でも、一人暮らしかあ。俺考えたこともなくて」

「実家、大越と同じ町だもんな。通学も、なんなら通勤もできるだろう。都内なら」

それは考えたことがなくてもしかたあるまいと、八角はビールを呑んだ。

「そうなんですよね。お金も掛かるのもありますけど」

うちは家族が必要以上に仲がよくて、だから実家を出たくないとは真弓も恥ずかしくて言えない。

けれど社会人になった恋人の阿蘇芳勇太は、今六人で同居しているが、早く二人暮らしがしたいと高校生の頃から言っていた。

いつかそんな日も来るのだろうと漠然と真弓も思っているが、現実味はほとんどない。

「就職も都内ですよね、八角さん。ご実家、恋しくなったりしませんか?」

人生の三年先を歩いて、真弓にはただ大人の男として映っている八角に、自分の知らない視界について尋ねてみる。

「んー? もう成人してるしなあ。男の一人暮らしは最悪だと言ったが、楽っちゃあ楽だ。気楽で、もう一度実家で暮らしたいとは思わないが」

きっとごく普通の家庭なのだろう長野の実家に、八角は思いを馳せていた。

「だが、行事の時なんかは思い出すな。まだ」

「行事ですか。ひな祭りとか?」

志麻がいる間は真弓のためにひな祭りに明信によってちらし寿司が作られて、幼い頃は着物も着せられたので、最近なくなった行事といえば真弓にはひな祭りだ。

「なんでひな祭りなんだよ」

意味がわからないと、八角が苦笑する。

「高校まで、俺は実家でも結構自立してたように気取ってたんだが」

「八角さんしっかりしてるから」

きっと自分の高校時代と懸け離れていたことに間違いはないのだろうと、それは真弓にも想像がついた。

「それでも、行事ごとのときに一人だと、実家を離れたんだなと思うよ。高校までは家に帰ると母親が何かしら、そういう料理を出してくれたりするのを当たり前に思ってた。クリスマスとか。ああ、あと必ずかぼちゃが出てくる日があって」

その頃はなんなのかわからなかったと、八角が笑う。

「大学に入ってここでメシ食うようになって、やっぱり似たような時期にサービスでかぼちゃが出たんだ。女将さんになんでかぼちゃなんですかって訊いたら、冬至かぼちゃだよって言われてな」

それを語る八角は、なんとも言えない寂しさのような郷愁を湛えていた。

「実家にいるときは、なんでその日にかぼちゃが出てくるのか考えたこともないような当然の日常だった。でもそれはお袋がやってくれてたことで、俺は一人になったらなくなることなんだなと思うと寂しくはなるよ。そういうときは、実家が恋しいな」

冬至かぼちゃはなくなりはしないから自分で炊けと突っ込む者は、この場にはいない。

それに八角が言っている漠然とした寂しさは、当たり前の日常が家族と離れて変化して、折々にそれを思い知るという大きなものだ。

「……かぼちゃ」

いつか実家を離れる日がくるだろうと漠然と思っていた真弓は、そういう現実までは想像したことがなかった。

騒がしい大家族で育って、今も騒がしく暮らして。寂しくなるだろうと思ってだから急ぎたくないと勇太には言ったが、その寂しさについてここまでちゃんと考えてはいなかった。

この三年は日常的に、勇太の義父で、長兄大河の恋人でもある阿蘇芳秀の作る食事を食べて、確かに行事ごとに秀は何かしら特別な支度をしてくれる。

実家を離れて、いつか、兄たちと離れて家族がそれぞれバラバラになって。

そうして何かあるごとに皆で暮らした日々を八角のようにきっと、いや、もしかしたら八角が感じている以上に自分は思い出して寂しく思うだろうと初めて実感する。

「かぼちゃで……」

「かぼちゃ頼むか?」

二度かぼちゃと呟いた真弓に、「今度は俺が奢るぞ」と八角が壁のメニューを見た。

「いえ、もうお腹いっぱいです……」

高校を卒業して、初めて電車に乗って真弓は今違う町に通学している。それだけでなく過去経験のないほど熱心に部活動をして、新しい集団の中でこうして今までになかった人間関係を築いていた。

時間だけでなく、真弓自身も大きく動いている。気づかなかったけれど、新しい世界が広がっている。

その新しい世界の先には、実家を離れるときも少しずつ近づいているのかもしれない。

とてつもない寂しさに襲われて顔を上げると、この定食屋のレジ台にも、オレンジ色のかぼちゃが置かれていた。


「うちで、ハロウィンパーティやりたい！」

見当違いな方向に寂しさが飛んで、かぼちゃに支配されて真弓は帯刀家の居間で声を上げた。

夕飯の終わった夜の居間には、家族全員が揃っている。

「どないしてん。いきなり」

なんでハロウィンパーティやと、仕事で疲れてぐったりとテレビを観ていた勇太がそれでも訊いてくれた。

「みんなで仮装して、やりたい。うちでハロウィン」

ここからは家族での一つ一つの行事を嚙み締めたいと、もしかしたらいつかみんな離れ離れになるかもしれない寂しさと不安から、あくまで真弓はかぼちゃに支配されている。

「おー、いいんじゃねえの？　うちのジムは昼間仮装すんぞ。毎年」

帯刀家三男でプロボクサーの丈は、グローブを磨きながら安易に賛同した。

「仮装は大変だけど、ハロウィンぽいことしてみるのもいいかもしれないね」

どんな行事も受け入れないということはない明信は、真弓がやりたいのならと笑う。

「くうん」

ハロウィンってなんですか食べられますかと、老犬バースは縁側で首を傾げた。

「十月三十一日、仮装してみんなでパーティしようよ。ねえ、大河兄！」

秀に茶を注がせながら新聞を広げてこちらを見ない大河に、真弓がにじり寄る。

ＳＦ雑誌「アシモフ」の編集者である大河は、この秋に担当作家である秀の担当の座を降りた。それはデビューから大河が秀の担当であったことに停滞期が来ているという編集長判断で、大河は言い渡された日に納得したが、茶を注いでいる秀はそこから様子がおかしい。

「ねえってば」

大河の方は担当替えのあとも普通に見えるのに、今でも末弟である自分に甘い兄が何故無視をするのかと、真弓はなおも迫った。

「やらない」

一言の元に、大河がハロウィンパーティを却下する。

「なんで？　なんでなんで？　やろうよ！　みんなで仮装して楽しいじゃん！」

「やらない」

必死に真弓が懇願しても、大河の態度は全く軟化しなかった。

「どうして⁉」

「俺はハロウィン期間は鎖国中だ」

新聞を置いて苦々しく、大河が鎖国を宣言する。

「秀との国交？」

鎖国、それは高校日本史でやった大昔の出来事と、真弓はひたすらキョトンとした。

「違う。ハロウィンなんてもんは、俺は知らない。日本人には全く関係ない」

珍しく大河は、真弓のお願いににべもない。

「それで言ったらクリスマスだってそうじゃん。日本人関係ないけど、うち昔からクリスマスちゃんとやるじゃん。ケーキもあるし、子どもの頃はサンタさん来たよ」

そしてそのサンタクロースは兄だったはずだと、真弓は大河の言い分にまるで納得がいかなかった。

「クリスマスは日本の文化として既に定着している。クリスマスもバレンタインも菓子屋の戦略だが、ハロウィンまでは受け入れられない。だから俺は十月は鎖国することにしてる」

「意味わかんない！」

谺(こだま)した真弓の「意味わかんない」は、正直家族全員が叫びたい言葉だ。

担当替え以降様子のおかしい秀は、白い割烹着姿で台所からふらふらと居間にやってきた。

「あなたが鎖国をしたいというのなら、僕もそれに従いますが」

鎖国したら担当に戻ってくれますかという思いを込めて、秀が澄み渡った瞳で大河を見つめる。

「鎖国の話じゃないよ！」

違うと言いながら、真弓も既にハロウィンパーティをしたい理由をすっかり見失っていた。


隣町の自動車修理工場に勤めて、工場の社宅になっている隣町の団地で一人暮らしをしている魚屋魚藤の一人息子、佐藤達也は週末になるとだいたい実家に帰っていた。

「月曜日から金曜日まで、何食べてんの？　達ちゃん」

その達也とたまにこうして、勇太と真弓で約束もなくその辺で遊ぶというか喋るというのは、高校を卒業してからなんとなく習慣化したことだ。

「そんな地獄のような話が聞きたいのかおまえは……」

今日は大通りにあるスーパーの中のイートインで、三人でたこ焼きを突つき回していた。

「地獄やろな。おまえんちの母ちゃん、料理上手やもんなあ」

一度真弓と二人で夕飯をご馳走になったことのある勇太が、秀の料理もそうだが自分にはどうやって製作されているのか手掛かりさえない、ごく普通の家庭料理から離れる地獄を思う。

「この間、一人暮らししてる野球部の先輩がそんな話してたからさ。時々実家のこと思い出すって」

「まあ、俺の場合こうして結局土日ほぼ帰って来てるし。土日以外でも帰るときあるし。見習い始めた高三のときに親父と大喧嘩して啖呵切って地獄団地地獄部屋での地獄の一人暮らしを選んだものの……」

隣町だしスクーターの一つもあれば通勤は全く苦ではないので、本心では既に実家に戻りたいがそこは男の意地でぐっと堪える達也であった。

「早く結婚してえ」

「その前に彼女作んないと、達ちゃん」

八角と同じ思考回路で早急なる結婚を望んだ達也に、八角にはしなかった突っ込みを真弓が入れる。

八角も達也も所詮は同じ脳みそが一つしかない男というシンプルな生命体だと、遺憾ながらこのときまだ真弓は気づいていなかった。

「そうやでウオタツ。準備段階すっ飛ばすなや」

「まあ、言ってもそうして恋人がいる君たちもね。別に同棲生活スタートしたって、俺と同じことよ。地獄の食卓からスタートよ」

モテない、彼女がいても長続きしない部分を二人がかりで丁寧に突っ込まれて、たこ焼きを喰らいながら達也が反撃する。

「メシは……真弓が……」

そこは自分が分担するところではないと駄目な男らしさを発揮して勇太は真弓を見てはみたものの、真弓の手作り料理がどれだけ話にならないかは、この三年間で勇太も痛い思いを何度かさせられていた。

「なんかしんねえけど、真弓バレンタイン前に手作りチョコレートくれたことあったっけな。勇太にやるから練習してるって、たくさんあるから食えって俺にも」

「ちょっと！　そんな話しないでよ達ちゃん‼」

二人の仲を乱すようなことを言わない達也がどうしてそんな話をと、真弓が慌てて幼なじみを止める。

「へえ、なんやねんその話。俺もろたことないで、真弓から」

不機嫌にもならずに、そんな健気なことを恋人がしてくれたのか初耳だと勇太が、自分のたこ焼きを平らげた。

「おまえは幸せもんだよ」

「まあ、結構な」

愛されている自覚はあると、勘違いをして勇太が照れる。

「あのコンクリートみてえなチョコレートの気配は色しかしねえ、苦い塊を口に押し込まれないで済んで幸せだって言ってんだ」

食べ物を粗末にしたくないと食べさせられた達也は、そのとき「もうあきらめろ」と真弓を諭してやっていた。

「二人で暮らし始めたら君たちの食卓は」

「それ以上ゆうな……」

じゃあ自分が作ると言えるような技量は自分にはなく、とはいえ真弓にも何も期待はできず、勇太がただ暗くなる。

「秀や明ちゃんの作るお味噌汁って、なんでお味噌以外の味がするんだろうね」

宇宙の神秘だと、真弓は首を振った。

「少しずつ習おうかな、秀に。俺さ、うちでハロウィンパーティやりたいの。達ちゃんも来てよ」

「なんなんだおまえ……唐突に」

食事の話から何故耳慣れないハロウィンパーティなのだと、達也がぎょっとする。

真弓の中では、家での食事、行事でそれを思い出す八角、実家を離れたら地獄の食卓とともにそれを行事ごとに思い出す、いつかそんな日が来ることは多分間違いない、と。

誰にもわからない連鎖を見せている思考だった。

「こないだからなんやハロウィンやねん。真弓」

別に乗り気ではない勇太が、肩を竦める。

そもそも勇太はハロウィンどころかクリスマスもバレンタインも縁のない子ども時代を送っていて、そうでなくても軽薄な新しい行事に対しては反射で拒絶反応を抱く古い男の部分があった。

「やりたいんだよー」

「おまえんちでか？　職場とかでやるもんだろああいうのは。あ、そういえばうちの店にもあったぞオレンジのかぼちゃ！」

魚藤の店先にハロウィンのオレンジ色のかぼちゃがあったことは、長年店主である昭和の塊みたいな父親と闘い続けている達也には驚愕でしかない。

子どもの頃、クリスマスケーキにさえ「南蛮渡来の習慣にかぶれやがってこんちきしょう」と、昭和でさえなく江戸まで遡るような父親がハロウィンに阿るとはとても信じられなかった。

「親父……もしかして死ぬんじゃねえだろうな」

死期が近いのかと不仲の父だからこそ震えて、やはり地獄部屋から実家に帰ろうかと達也は早まった。

「それ、達ちゃんのお父さんただのかぼちゃだと思ってるよ。大丈夫」

安心してと真弓が、先走った幼なじみの心情を充分に理解して言葉を掛ける。

「なんでそんなことわかるんだよ」

「気づいてない？　竜頭町に黒船来航。ペリーが商店街に来航す。誰が考えたのか知らないけど、商工会で配ったんだよ全部の店に。龍兄のとこにもかぼちゃあるよ。開国を迫られてるのに、お父さん気がついてないだけだよ」

「なるほど……」

かぼちゃの意味に気づいたら一悶着ありそうだと、震えながらも達也は父の無事にホッとした。

「ああ……そないゆわれたら、親方が」

「え、親方も騙されてかぼちゃ置いたのか」

そら大事だと達也が、勇太の勧めている山下仏具の父親どころではなく頑固な親方を思って再び震え上がる。

「いや。『捨てるのも悪いだろ』ゆうて、孫にやっとったわ。かぼちゃ」

「あ、親方は黒船だってわかったんだ」

そのかぼちゃがペリーだと判断できたのかと、真弓は感心した。

「どうやろな。余計なもの置かへん、そもそも。仕事の邪魔やし、効率悪なるちゅうて。商売とはまたちゃうしな、レジ台とかあらへんもん」

屋号はあってもそこは魚藤とは違うところだと、勇太ももし親方がかぼちゃを黒船だと知ったならと戦慄く。

「なんでおまえ家でハロウィンなんかやりてえんだよ。ちっちぇガキがいるうちならともかく、いい歳した男ばっかでやんねえだろ。普通」

「だって」

だってというのは、よく大河から「男がだってとか言うな」と咎められる言葉だった。

咎められるだけのことはあって、こうして「だって」と口にすると、たいした反論もないのにただだだを捏ねたい気持ちが今回は特に強いと真弓も気づく。

「だいたいおまえ、仮装ならガキの頃散々しただろ」

「うわ、出た龍兄とおんなじご意見！」

龍と全く同じことを達也が言うのに、何故二人ともそこに行くと真弓は不満を露わに声を上げた。

「そりゃ、俺も龍兄もこの町の人間だってことだろ。ガキの頃から見てきてるし、写真屋のウインドウにも今でもおまえの女官の写真が並んでる。七五三の振り袖も覚えてるし、幼稚園のお遊戯会でシンデレラの格好してたのも俺は覚えてんぞ」

この町の人間とさらりと言われて、真弓はここのところ胸に触る寂しさというよりも不安に近い感情にまた襲われる。

そうしてみんなが、家族や親戚のように当たり前に互いを知っている環境で真弓は生まれ育った。

それを失うことを子どもの真弓はほとんど想像して来なかったけれど、この町自体を離れる未来だってあり得ると不意に思い知る。

「仮装、したくない？　達ちゃんだったら何したい？」

ましてや家族とは、きっといつか別々の暮らしが待っているのが普通だ。

「うーん。考えたことねえなあ」

「考えてよ」

その寂しさと刻々と向き合っていかなければならないのなら、せめて真弓はたくさんの時間を家族や幼なじみと共有したかった。

何処か焦りさえする思いで。

「うーん。ドラえもんとか？」

「どうやってやるのドラえもんの仮装！」

思いも寄らないことを達也に言われて、真弓はいつも以上に笑った。

「ポケットつけたらドラえもんだろ。勇太は？」

これ以上自分に振るな面倒くさいと、達也が勇太に仮装をパスする。

「俺はええわ。ハロウィンなんか興味ない」

「そんなこと言わないでよ！　やろうよハロウィン‼」

不意に、必死の悲鳴を真弓は上げた。

声に驚いて、勇太が真弓を見つめる。

「ほんまに、どないしたんやおまえ」

「……わかんない」

「かぼちゃに当たったんか」

「違うよ！」

かぼちゃから離れない勇太に、無理に真弓はまた笑った。

その笑顔に何か無理があるのは、恋人の勇太にも、幼なじみの達也にもわかってしまう。

「……ほんなら真剣に考えるか。サムライとかがええな。刀持って」

「似合うね、勇太」

「浪人だろ。はぐれ雲みてえな」

「どっちかゆうたら辻斬り(つじぎ)がええなあ」

最近親方が見ている時代劇で気に入った言葉を、勇太は口にした。

「なんで辻斬りなの。はぐれ雲いいじゃん。似合う勇太、女物の着流し着て。色男だよ」

「そうか？」

そんな風に言われると悪い気はせず、勇太も簡単に気持ちが乗る。

「けどあのだらっとした感じは、どっちかゆうたらウオタツなんちゃうん」

ジョージ秋山（あきやま）の青年漫画「浮浪雲（はぐれぐも）」を全員が読んでいるのは、バーバー鎌田（かまた）に「三国志」とともに歯抜けで並んでいるからだった。

「俺にはあんな風に女をたぶらかす甲斐性（かいしょう）はない……。それに仮装すんなら俺はもうちょっと普段できねえような格好がしてーかなー。せっかくなら」

真弓につきあってやりながら、いざ本当にするという妄想になると、達也もそれなりに楽しく真剣になる。

珍しくも達也は、こういった目新しい遊びについて真剣に考え込んでいた。

一体どんな仮装が飛び出すのか、真弓も、それなりに勇太も期待して言葉を待つ。

「ダンプだな！」

それしかないと達也が力説するのに、ああ、当分達也に彼女はできないだろうと、真弓は深く絶望して、勇太は深く同情した。

十月三十一日、ハロウィン当日が近づいた日曜日の夜、家族全員が揃っている居間で真弓は今一度家長大河の説得に乗り出した。

「ハロウィンパーティしようよ！」

説得に乗り出したと言っても、そんなに弁が立つ訳でも理屈っぽい訳でもない真弓は、頑なに新聞を開いている大河に正面からぶつかるだけだ。

「やらない」

「どうして⁉　世間はみんなハロウィンだよ⁉　竜頭町商店街もハロウィンなんだよ？　龍兄んとこだって、なんと達ちゃんちだってハロウィンなんだから！　ちゃんとかぼちゃがあるんだよ⁉」

「みんながやるからやりたいなんていう理由には俺は納得しない。それを言うなら、うちの出版社だってハロウィンフェアなんていう謎のフェアを十月は展開してる」

近年始まった十月のそのフェアを、常々苦々しく思っている大河は、苦虫を噛み潰したようとはこのことという顔をして茶を啜った。

何か行事ごとや周年があればすかさずフェアを組んで乗っかるのは、出版社の常だ。大河も通常は、一編集者としてその謎フェアの数々に編集者根性を燃やす。

だがハロウィンフェアだけは納得がいかなかった。お菓子、いたずら、もちろんかぼちゃ、ケルト、そこまではまだしも、ゾンビ、ホラー、ハロウィンラブという謎の関連書籍連絡に毎年わなわなと震えている。

「……何がハロウィンだ」

自分の魂を込めているＳＦ部門がそのハロウィンフェアにほぼ乗れないので腹が立っている理不尽に、残念ながら大河は気づけていなかった。

「かぼちゃ炊こうか？」

そんなに花屋や魚屋のかぼちゃが羨ましいのならと、担当替え以来ぼんやりが更に激しい秀が、それでも心を込めて真弓に申し出る。

「違う！」

かぼちゃが羨ましいんじゃないと真弓は言いたかったが、実のところこのハロウィンパーティを家でやりたいという気持ちは駄々っ子と同じものなので、理路整然と兄に刃向かう言葉など出て来るはずもなかった。

「ハロウィンパーティなんかやったら、ここにダンプがくんでー」

達也がダンプになってやってくるぞと、勇太は段々それはそれで楽しみになっていた。

「へえ。オレやっぱ『あしたのジョー』の矢吹丈の仮装だなあ」

「それ普段となんかちゃうんかい」

「え、よせよそんな」

「別に褒めてへんわ！」

突っ込んだつもりが丈に喜ばれて、不本意だと勇太が声を荒らげる。

「真弓がこんなにやりたいって言うんだから、大河兄も少しは考えてあげたら。ハロウィン」

いつもは控え目な明信が、ふと真面目な声でそれでもやんわりと兄に進言した。

「なんなんだ、おまえまで」

「だって、クリスマスはよくてハロウィンは駄目っていうのはやっぱり理屈が合わなくない？」

「クリスマスは日本独特の文化に変異している。入って来たのは明治のことだ。それもキリスト教圏の行事とは全く違う形で日本中に普及して一世紀になる、もはや独特の文化だろう」

兄はクリスマスをなんだと思っているのかと、明信以外は目眩(めまい)に倒れそうになる。

「明治？　え、どうしよう僕は戦後進駐軍が広めたんだと思い込んでた」

自分が思い込みの知識で日本のクリスマスを誤解していたことに、動揺から明信は珍しく脱線した。

「日本は江戸時代はキリスト教はご禁制だ。幕府が倒されて明治に国交が開いて、日露戦争のあとには国際化の象徴としてクリスマスが普及した。始まりはケーキ屋の商売だと言われているが、それより以前の子ども向けの教材にはもうクリスマスもサンタクロースも登場してる」

「クリスマスもハロウィンもバレンタインもそんな話してなーい!!」

なんの話！　と真弓が子どもの癇癪(かんしゃく)を起こす。

「……そうだった。そんな話はしてないよ、大河兄。文化や宗教による行事が輸入されるのに、時期は関係ないんじゃない？　それにクリスマスだって元々は、キリスト教の行事ではないという説が有力なんだよ」

「そうなのか？」

自分の専門である西洋史学に於いてはと語り出した明信は真弓の言い分が少しもわかっていないし、興味も持った大河もまた同じであった。

「諸説あるけど、今はもう存在しない密儀宗教からローマ時代にキリスト教の行事になったと言われてる。新約聖書にはキリスト生誕に関連する記述はないんだよ」

「へえ……」

「ハロウィンは宗教や文化という意味ではもっと古いんだ。紀元前まで遡るケルト文化で、そうするとキリストが生まれる前だよね。これもローマ時代にカトリックが異教の風習を取り組んで潰すために習慣化したとも言われていて、その風習がこんな形でアメリカに根付いたのはまだ十九世紀のことなんだよ」

まだ十九世紀のことだと明信がなんて最近の出来事なんだと言わんばかりに大河に伝えるのに、真弓、勇太、丈は、今が何世紀なのか完全に見失った。

ちなみに二十一世紀である。

「クリスマスもハロウィンも、そういう迫害の歴史を乗り越えて現代に根付こうとしているのは同じなのに。どうして頭ごなしに否定するのか……そんなのは少し大河兄らしくないように思う。僕は」

よくわからない明信の言い分を聞きながら、「真弓そんなこと全然思っていない」と末弟は思わず子どものように泣きたくなった。

「それは……そうだな。いつの間にか新しいものを反射で拒絶するところが、俺にはあったかもしれない」

それは魚藤の親父とも山下仏具の親方とも全く同じ昭和のお父さんの精神性で、しかし文化を邁進(まいしん)する出版業なのになんという停滞をしていたのかと大河が戦慄く。

「それはもったいないことかもしれないよね。新しいものは、必ずしも悪いことではないし。ましてやハロウィンは紀元前の習慣なんだよ」

恐ろしいほどに古くさい凝り固まった昭和の心で考えが止まっていたことに、編集者として大河は自分を殴りたくなった。

もともと大河は新しいものを反射で拒む性格ではあったが、実のところハロウィンに於いてはそこまで拒絶するのは編集者としての八つ当たりだとは本人はこの時も気づいていない。

「……わかった。やろう、うちでハロウィンパーティを」

新聞を置いて、そこまで強くなくてもいいという強い意志で、大河は言った。

「よかったね。真弓」

説得に当たってくれた明信が、楽しみだねと真弓に笑う。

何故だか真弓の寂しさは、余計に大きくなった。

見慣れた日常、見慣れた風景、見慣れた家族の表情。

手放す日の現実を知った気がした日から、何もかもがただ惜しく思えて、真弓は言葉にできない不安に捕まっていた。


それぞれが何の仮装をしようかと考え始めるのも追いつかない勢いで、大河はハロウィンについて全力で学び始めた。

会社でハロウィンやケルト文化の関連書籍を掻き集めて、「ありがとうハロウィンフェア」と集めやすかったことに感謝しながら、全員がまだ出かけていない朝ご飯の食卓でも専門書を真剣に読み込んでいる。

「……大河、食事中は本は……」

真弓希望のハロウィンパーティの準備だとわかっているので、ただでさえ担当替えでぼんやりしている秀もご飯をつけながら強くは言えなかった。

「なるほど、古代ケルトでは十一月一日がお盆みてえなもんなんだな。地獄の釜の蓋が開いて亡者が一斉に溢れ出るのと基本は同じだ」

それは興味深いのに今までよく知らずに拒んで本当に悪かったと、大河が深く本に耽溺する。

「かぼちゃのジャック・オ・ランタンは元はカブだったのか。悪魔をだまして生き長らえたジャックが、寿命が尽きたのに天国へも地獄へも行けなくなってカブで作ったランタンを持って永遠に彷徨い続けているのか……そのジャックのために火を灯してるのか？」

なるほどなるほどとケルト文化にはまり込んでいく大河の姿を見て、何故なのか真弓は胸の奥が落ちつかなくざわざわするのを感じていた。

それはこの間から捕まっている、漠然とした不安とは全く違う、恐怖に近い感情だ。

「なんでだろう……怖い。記憶の蓋がガタガタいってる。何か大切なことを、真弓は忘れてる気がする」

いつの間にか言葉が幼児帰りしていると気づかずに真弓が、幼い頃の恐怖が飛び出そうとして疼くのに震える。

「そもそも仮装するのは……ああ、先祖の霊だけじゃなく悪霊が帰ってくるからか。仲間だと見せかけるために、悪霊を模すのが本当のわけだな。じゃあ悪霊の仮装じゃないと意味がないな」

どんな悪霊の仮装をしたものかと、大河は熟考に入った。

生まれつき馬鹿がつくほど真面目な男である。一度やるとなったらこうしてその生真面目さから軌道を大きく外れていくのは、何も初めてのことではない。

そしてその大きく軌道を外れていく兄の姿を、幼少期真弓は確かに見ていた。

——トトロの格好で来てね！

幼稚園のお遊戯会にトトロの格好で来てと真弓が可愛くおねだりをしたあと、あまりの忙しさに「となりのトトロ」の存在をよく知らなかった大河は「トトロ？」と困惑を深めた。

トトロとは一体なんだと日本人にあるまじき質問を大河は明信にして、なんだと訊かれると明信は明信でアニメ映画の説明は難しく、「妖精の」とうっかり答えてしまった。

そうして迎えたお遊戯会当日の兄の姿が、真弓の記憶の底からその蓋をバンとこじ開けて突然飛び出す。

「トトロ‼」

きゃー！　と大きな悲鳴を上げて、真弓は居間の畳に倒れた。

「ど、どうしたまゆたん！　大丈夫か‼」

黒いジャージ姿の大学生の弟が、久しぶりにトトロ発作を起こして倒れるのに慌てて丈が駆け寄る。

「真弓……どうしたの突然……。あ」

同じく心配して駆け寄った明信は、察しがよく何故真弓が「トトロ」と叫んで倒れたのかを理解した。

真弓幼少のみぎり可愛くお願いされた兄は、今と同じように全力で「妖精トロール」を学び、そして完璧なトロールの恐ろしい扮装をこなして、幼稚園に飛び込み園児たちを恐怖のどん底に叩き落とした。

阿鼻叫喚の幼稚園児たちの中で大河のトロールが今もトラウマになっている者は、実のところ一人や二人ではない。

「どうした、真弓」

当の犯人はそれを理解せず、恐怖に泣いている真弓に驚いて駆け寄った。

「いや……来ないでトトロ、来ないで……」

「まだトトロが怖いんかいなおまえ。ええかげんにせえや」

震えてしがみついてきた真弓を抱いてやりながらも、常々道端などでもトトロに遭遇するたび泣かれている勇太が困り果ててため息を吐く。

「トトロは地球の何処にでもあるかんな……避けて通るのも難しいだろ。道でトトロに出会ったらどうしてんだまゆたん」

「泣いてる」

心配した丈に問われて、あるがままを真弓は泣きながら即答した。

「マジか。でもインパクト凄かったもんなあ、アニキの本気のトトロ」

「それトトロちゃうやろ！　トトロかてこないに怖がられて迷惑やで‼　……ああ、泣くな泣くな」

「まだまだ怖いんだな真弓……お兄ちゃんが悪かったよ」

真面目さから全力で妖精トロールに扮した結果、日常でもそこら中にいるようなトトロに対してこんなトラウマを弟に与えてしまったことは、大河にも大きな後悔だった。

「こんなに怖がって……かわいそうに」

小さな子どもをあやすように、秀も手を伸ばして真弓の背中を撫でる。

「まあでも、誰かしらが必ずそばにいるよ。真弓がトトロで怖いとき。だから大丈夫だよ」

明信にしては随分大きな気休めを、真弓に渡してくれた。

「……本当？」

一人で夜道でトトロを発見して号泣した記憶もある真弓は、必ずなんでと、顔を上げる。

けれど見上げると、縋り付いた胸の先では勇太が、真っ先に駆け寄ってくれた丈が、明信が、背中を撫でてくれる秀と、途方に暮れたような大河が、真弓を心配そうに見つめていてくれた。

「くうん」

縁側ではバースが、心配そうに真弓を見ている。

家族なのだから、きっといつか、離れ離れになる。そのことが真弓はここのところ、不安で、とても怖かった。

けれど離れ離れになる日が来ても、一人にはならないのだと知る。

一人だとしても、こうして誰かが手を差し伸べてくれる。

家族と積み重ねて過ごしてきた記憶が、どんなときも必ず、きっとこんな風に自分を支え続けてくれるだろう。

「ハロウィンはいいです。大河兄」

とても怖いけれど、もう怖がるのはよそうと、真弓は涙を拭いた。

「そうか?」

「うん。大河兄の本気の悪霊の仮装に耐えられる自信がない」

けれど兄の仮装は今でも怖いと、正直にハロウィンパーティを固辞する。

「なんだよ。真剣に考えてたのに」

「それがやなの!」

少しがっかりしたようなホッとしたようなため息が、家族の口元から畳に零れた。

十月三十一日、ハロウィン当日の夜は、ただ普通に全員で夕飯を囲もうということになった。

ダンプの仮装で来てと言われていた達也も平服で帯刀家を訪れ、ならばと龍も夕飯の席に呼ばれた。

「……あの」

「……先生」

達也が実家から持たされてきた刺身の盛り合わせと焼き魚、龍が持ち込んだ揚げ物屋のフライ、男ばかりなので揚げ物尽くしで秀がいつも作る唐揚げ、サラダなどを差し置いて、真ん中にあり得ない大量の冬至かぼちゃがどんと置かれている。

「一体どうしたんだよ。こんな大量の冬至かぼちゃ、冬至でもねえのに」

丁寧に小豆が載った黄金色のかぼちゃを眺めて、困惑しているのは龍と達也だけではなく家族全員で、代表して大河がかぼちゃの存在理由について尋ねた。

「くり抜いてね、中身を炊いたの考えなしに全て」

くり抜いて？　と、ふと皆で秀が見た縁側を見ると、バースが緑色の大きなジャック・オ・ランタンの近くで困惑している。

「くうん」

「緑だね……」

めちゃめちゃ日本のかぼちゃだねと、真弓は揺らめく炎が居間の灯りで全く見えなかった上、秀が作ったのだろう顔がとても笑顔で逆にジャックすごく怖いと震えた。

「とにかく食おう、かぼちゃ。いただきます」

大河が言って、皆で「いただきます！」と手を合わせる。

何か強い義務を感じて、全員が取り皿にまずかぼちゃを取った。

「ホクホクしてんなあ。あんまり食わねえな普段、かぼちゃ」

「うちの母ちゃん小豆かけねえけど、かかってるのもうめえ」

龍と達也が頷(うなず)き合って、かぼちゃを食しながらハロウィンを遠く離れる。

「実はちょっと楽しみにしてたんだ……僕。ハロウィン」

気分はもう冬至と全員が思い始めた頃、ため息とともに白い割烹着の裾(すそ)を秀は摘まんだ。

「え？　秀さんが？」

終始ぼんやりと蚊帳(かや)の外にいて見えたのにと、明信が意外そうに尋ねる。

「割烹着を思い切ってチェックにしてみようかと、思ったりしてた」

「全然わかってねえじゃん秀！　ハロウィン‼」

「衣替えちゃうで！」

丈と勇太が、すかさず秀に突っ込んだ。

「チェックは似合わないよ、秀ー」

大きく笑って、真弓はかぼちゃを頬張った。

甘くてとても、あたたかくやさしい味だ。

いつかどんな場所でどんな時間を過ごしていても、このかぼちゃの味を思い出すだろうと、真弓は思った。

緑色の怖いジャック・オ・ランタンと、このハロウィンの日を忘れることはない。
もしも一人で、立ち尽くす夜があったとしても。

まだそんなにトトロが怖いのかい。真弓。

真弓はおばけが怖いみたいな感覚を持ってるけど、見ての通りの強い子です。トラウマもあるけど、「無暗に蓋(ふた)を開けないこと」ができる。

だからトトロがいてくれるのかななんて思ってます。

大河の本気のトトロ（コミックスで二宮(にのみや)先生が秀逸な大河トトロを描いてくださっているので未見の方は是非！）がどれだけトラウマだとしても、二十歳になろうとしている真弓がそれをトラウマに持ち続けて見かけるたびに泣いたりするのは、一見強い真弓のすることに思えない。かも。

真弓にとって「トトロのトラウマ」は、気軽に開けていい唯一のトラウマ箱なんじゃないかなと思っています。

大河は謝ることになるけど、大河を傷つけない。大河を傷つけてしまうトラウマを真弓は持っているので、その箱は滅多なことでは開けない。二重三重に封をして鍵をかけて、心の一番奥底に沈めてる。

でも真弓も傷ついているので、時々トトロの手を借りて「トラウマ箱」を派手に開けて泣いたりして、ガス抜きしてるのかもしれない。と思うとやっぱり強い子です。

そんな真弓の心の奥底に沈めていた方のトラウマ箱を開けてくれたのは、赤の他人の八角優悟でした。『子どもたちは制服を脱いで　毎日晴天！13』でのことです。

勇太と真弓の恋が始まった二巻の時、勇太が言ったような気がする。

「そういうことは他人の仕事」

と、大河に。

今度は勇太が、八角に「他人の仕事」を預けることになった。

それは勇太がもう、真弓の他人ではないからなんじゃないかな。

八角は、部長の大越と、わたしとしては13巻の時からずっとカップリングです。はいカップリングなんです！

２０１６年からずっとです！

直後に書こうと思った話があったのですが、書かないまま六年が経ちました。直後に考えた話というのは、

「え？　八角おまえ、帯刀にときめいたのか？　俺はおまえが好きだがヘテロだと思ってあきらめていたが、そういうことなら」

「えええ!?」

と、大越と八角が酒も手伝ってライトに一夜をともにしてしまう話でした。

六年漬け込んだらこんなことになってしまいました、というまったく違うお話が次のページから始まります。

楽しんでいただけたら幸いです。

秋季リーグ最後の日

Ryuzucho
3-chome
obinatake no
Kurashi no
Techou

　この秋にもう二度と帰ることはできないと、大越忠孝は今はまだ、気づいていない。

「四年の秋季リーグまで現役でやれるなんて、想像もしなかったよ。俺は」

　広い大隈大学構内の、取り壊しが決まっている経済学部の旧校舎の壁に、大越の盟友、八角優悟は背を預けて座り込んでいた。

「そうか。俺はおまえとはここまで野球をやるだろうと想像していた。二年の時からな」

　もう大分酔っている八角の隣に尻をついて、手元にビールの缶を揺らして大越が広い肩を竦める。

　二人は大隈大学軟式野球部の、部長と副部長だった。一年の時には大勢いた同期の中でも、四年の秋季リーグまで現役で残った者は他にはいない。就職活動が始まったら引退するのが当たり前のことで、大越と八角はそれぞれ思うところあって今日まで現役を貫いた。

　八角には入学式で勧誘してしまった、一年生のマネージャー帯刀真弓の世話を見られる限り見るという理由があった。帯刀が入ったのは今年の春だ。

　だが大越は八角のその義務感につきあったつもりはなかった。

「おまえはいつもそうだ」

いつもよりあからさまに弱さが滲(にじ)んだ声を、八角が大越に投げてよこす。

「何がだ」

省庁への入省が決まった大越は、そのための努力と秋季リーグを勝ち抜くための努力の両方を抱え続けた。どちらにも大きな力がいった。

その力を賭けた自分だけの訳を、大越は誰にも語っていない。

誰一人として教えていない。八角にもだ。

だから本当は、八角が今不満そうな口をきいた理由はわかっている。

「一人で決めて、一人でやり抜く。……やり抜けるのが、おまえだ。大越。すごいよ。だがここまでやると思ってたなら、俺にも教えとけ」

「それは」

教えておくことは、大越には無理だった。大越がさっき八角に言った「ここまで」は、今八角が言った「ここまで」と違って、四年の秋季リーグまでという意味ではない。

それでも思いがけず二人で居残った野球部での秋季リーグは、満足のいく結果だったとお互いに言えた。勝敗抜きに、明言できた。

さっきまで部員全員で打ち上げた。たった二人の最上級生を胴上げしたいと部員たちは頑張ったが、大越と八角は固辞した。

皆、例外なく酩酊していた。そうでなくとも、四年の秋まで部長と副部長の座に居座ったすまなさは、三年生に対して今も残っている。

「一人でやったつもりはない」

酔って萎（しお）れて絡んできたに等しい八角の言葉に応えるには、このくらいで十分だと大越は短く告げた。

「俺は四年の秋まで、しかも副部長をやってるなんて考えたこともなかったよ。名門大隈の野球部で。おまえはいつもエースで四番だっただろうが、俺はいつでもよくてライトで八番。たいていは補欠だったんだぞ？」

「おまえは」

いつもなら大越は、八角にそんな言葉を許さなかった。己を卑下することも、卑屈になることも決して許さない。

八角にだけいつも大越は厳しかった。それは同輩も後輩も皆知っている。冷静な大越が八角にだけ声を荒らげるところを、野球部員なら一度は見ている。

「俺を信頼してる」

八角の感情を、大越は断言した。

「ああそうだ。俺はいつもおまえを信頼してる」

「なら、当然の結果だろうが。俺と最後まで野球を続けることは」

「なんで、俺と。もっと強いやつは他にいくらでもいた」

苦笑して、八角がまた一口ビールを呑む。

「そうだった。俺が信頼してるのは、おまえの公平さだ。大越」

ふと、自分の言った言葉を八角は思い出したようだった。

「おまえは学業も野球も社会的にも能力が高い。その上真面目で堅物だ。霞ケ関から永田町にいくんだろう？　その真面目さで。なのに俺を副部長にして、俺を試合に出して」

「二打点」

それは公平だったかと言い切るまで八角の声を聴いてはやれなくて、大越が短く答える。

「おまえの学生野球の最後の成績だ」

大越が告げた成績に、八角は不思議そうな、面映ゆそうな顔をした。

聞く者が聞けば、決して優秀な成績ではない。けれど野球が好きだけれど野球ができたとはいえない八角の、学生野球の最後の数字としては満点のはずだと、大越はよく知っている。

「俺は、おまえの信頼に応えたか……？　大越」

不意に満たされて酔いが余計に回ったのか、八角の体が傾いた。

「信頼以上の時間だった」

もっと他に、大越には告げたいことがある。

「ありがとう」

言葉を探している肩に、そう呟いて八角は落ちた。

肩で動かなくなった盟友の伸びすぎた髪を、大越は見つめた。

身長は変わらないが、体重は今も五キロの差がある。一年の頃は、八角は大越より十キロ少なかった。八角の体は、そもそもスポーツ向きには恵まれていない。それでも時間をかけて、なんとか五キロ差まで筋肉をつけてきた。

「ありがとう、か」

自分の手元にある缶ビールを、大越が開ける。

いつの間にか盟友となった二人のルールだ。先に酔った者が勝ちで、酔われた方は酒を控える羽目になる。

「八角、俺は」

一年生の時、同期入部の八角を見て、大越はすぐに部を辞めてほしいと思った。

いや、辞めるべきだと信じた。

軟式といえど、大隈大学の名門野球部だ。思い切り野球をやるために、大越は敢えて硬式を捨てた。硬式野球部にはプロ入りするような選手が何人もいる。

そのスタートに、野球が好きなだけで野球が下手な八角は足手まといにしか見えなかった。

軟式にも大越のように本気の精鋭が集っている。足手まといが消えるのは時間の問題だろうと、思った。

愚かさで、馬鹿な思い込みをしたのだ。

「おまえと俺だけが、一日も練習を欠かさなかった」

今まで野球一筋できた者にも、大学生活には誘惑が多い。高校生の頃のように、部活に縛られる謂れもない。こと軟式野球部に於いては。

ふとしたことで辞めていく者は少なくはなかった。

「二年の春季リーグで、おまえは言った」

俺が持つよ道具。おまえは次期レギュラーだ、肩診てもらってこい。

レギュラーが目前で、大越はらしくない無理をして肩を痛めていた。今は言い出せないと堪えていたことに、八角だけが気づいた。

「俺はいいんだ戦力外だから、と。朗らかに抜かしやがった」

健やかな八角の目を見返した時の自分の気持ちを、大越は今も言葉にはできない。

何故やめない。何故できないことをあきらめないと、大越はずっとそう思いながら八角を見ていた。

八角が大越を評したように、大越はあらゆることに能力が高い。自負もあれば合理性も高く、より効率的に目標にたどり着くために無駄はしない。決してしない。

そういうつまらない時間を、八角に気づくその時まで大越は生きてきた。

できないからやらないという考えが、八角にはない。好きだから動く。人を人と思うやさしさと強さがあるから、他者からの視線を介することなく、くだらない引け目で誰かに手を貸すのを躊躇ったりもしない。

「俺が持つよ、道具」

今この時聴いたように覚えている八角の言葉を、大越は声にした。

それは大越が持ち得ない光のような曇りのなさだ。

知らなかった光は、否応なく足元を照らす。やがては視界を覆う。光に照らされたら、その方角を光を知らなかった者は見るしかない。

「……あの時、初めておまえに怒鳴られた。殺されるかと思ったぞ」

肩で眠ってしまったと大越が思い込んだ八角が、起き上がれないまま呟いた。

「……起きてたのか」

「呑み過ぎてもう動けん」

眠りに落ちるのは時間の問題だと、掠れた八角の声が告げる。

取り壊し寸前の旧校舎は戦後すぐに建てられたものだが、普請はしっかりしていた。秋の夜風が吹き込むこともない。もっとも二人とも、今夜は風邪をひいても体を痛めても、とりあえず明日は困らない身になった。

明日にはもう、大越と八角は部長と副部長ではなくなる。

大越は八角にとって、何者でもなくなる。

「何度も怒って、悪かったな」

「大丈夫だ。わかってるから」

「何が」

「おまえが俺に怒る時はいつも、俺が弱気になってる時だった」

わかってると、八角が覚束ない声でもう一度言う。

大越に初めて差した光は、時に陰ることがあった。光が陰って、去っていこうとする時、大越は我を失った。

当たり前のように八角は、大越の隣にいるようになった。当たり前だと油断していると、八角は八角自身のことを見て考えて、ここから去るべきなのではと言い出す日もあった。

それは最初に、八角をまだ知らなかった大越が思ったことだ。

去るべきだと思った自分への憤りとともに、八角を失うことがあったらそれは自業自得でしかないという後悔が込み上げて、そのたびに大越は自分を制御できなくなった。

「それでも、怒鳴るのは最悪だ。俺は感情の制御ができなかった。おまえのことになると」

告白を、聴かせる。

けれど聴くべき人は、眠りに堕ちていた。

「……いつからか、おまえのことだけ感情が制御できなくなった。だがもう、おまえに怒ることはきっと、ないな。明日から俺には、おまえを引き留める場所がない」

今日まではまだ、八角にしがみつく理由を、大越はなんとか持っていた。

「何処にも、おまえを引き留められない」

得意じゃないとわかっているのに、八角は一度も手を抜かなかった。それでも四年になるときには、選手を降りてマネージャーになると言い出した。

一年生の時、自分は驕っていたし何もわかっていなかったと、大越は思い知った。野球がやりたい者が、野球が心から好きな者が集うのが軟式野球部だ。

努力を怠らず、真摯で誠実な八角に、バッターボックスからの景色を見せたいのは多くの部員たちの当たり前の感情だ。そうした正の感情は、時に試合を大きく動かす。

無駄だと切り捨ててきた、人を動かす感情を、八角に教えられた。八角に大越は動かされる。動かされて今日まで、野球を続けてきた。

「俺には見えてなかったおまえが見てる景色を、俺も見ることができた。やっと」

おまえはいつもエースで四番だっただろうが。

言われるまでもなく、どんな場面でも一番前を、大越はずっと走ってきた。一番前を一人で走っている時には、一人だということがわからなかった。

自分には見えていない景色が八角には見えていると気づいた日から、大越は同じ景色が見たかった。

「きれいだ」

力を尽くしてたどり着いた日が、今日だ。

その日が四年の秋になるとは、大越自身にも予見できなかった。

「本当は」

その先を声にする前になんとか止めた。

明日からもう、部長と副部長でもなく、同じ野球部員でもない。やっと同じ景色を見て八角と同じ場所に立てたのに、もうそれぞれの時間が始まる。

「本当はまだ、おまえとこの景色を見ていたい」

止められず思いが、声になって出ていってしまう。

古い石造りの建物は往来の方を向いていて、高い壁を越えガラスに反射した車のライトの灯りが、時折差し込んでいった。

目を閉じて眠りに堕ちれば、明日が訪れてしまう。もう八角にとって自分が何者でもなくなる、明日が。

その訪れを拒んで、反射する灯りを見ていた。

もう少し一緒にいたいと願っても、どうすることもできない。すべは何もない。

だから肩にいる八角を起こさぬように、大越はただ、息を潜めた。

阿蘇芳秀先生の
小説を読んでみよう!

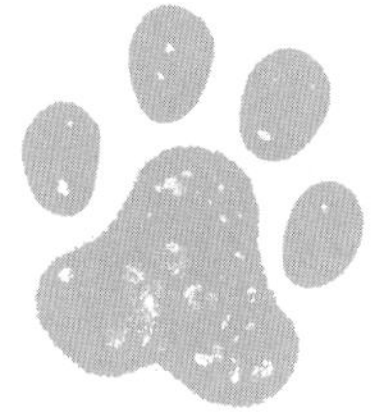

Ryuzucho
3-chome
obinatake no
kurashi no
Techou

竜頭町にも四月が来ようという頃、新刊が過去最高の大ヒットを飛ばしているＳＦ小説家阿蘇芳秀の大切な一人息子、阿蘇芳勇太は何故か打ち沈んでいた。

「おまえ落ち込むのはかまわねえけど、自分ちでやれよ。自分ちで」

竜頭町商店街木村生花店の店主龍が、丸椅子に座って煙草を吹かしながらため息を吐く。

「なんやもう俺は秀がわけわからん」

「はいはいそうですか。いいじゃねえかよ。おまえは山下の親方のところで正式に働き始めて一人前、先生は大河と夫婦みたいなもんだ。親離れ子離れ、結構な話だろ」

その山下の親方のところの仕事が終わって、帯刀家に帰りたくないと花屋で煙草を吸っている勇太に、むさ苦しいのでさっさといなくなって欲しいと龍は適当なことを言った。

「親離れ子離れはかまへん。それは……秀も俺も、せなあかんことや。せやないねん」

「なんなんだよ」

「あいつとは俺は、十で出会った。一緒に暮らして……七年、八年やぞ。そらそれなりにあいつの闇みたいなんは俺もわかっとったつもりやけど」

出会って京都で二人きりで暮らし始めて、最初はただおっとりとやさしいだけに見えた秀が、その生い立ちから埋められない闇を胸に抱えていることは幼いながら勇太もすぐに気づいた。

それは自分では埋められないのかと、荒れに荒れて病院から帰れなかった時期もある。

「そっちの闇とちゃうねん」

「どっちの闇だー」

結局勇太の話につきあってやってしまいながら、龍は新しい煙草を開けた。

「おまえ、秀の本が今めっちゃ売れとんの知らへんのか」

「それぐらい知ってる。目の前の本屋でも平積みだし、でかでかとポスターも貼ってある。テレビでやってることもあるしな。すげえな先生」

「読んだんか」

「読むわけねえだろ。俺は生まれてこの方本なんか一冊も読んだことねえぞ」

「俺もや」

「だからなんなんだよおまえは！」

あまりにも要領を得ないことを言う勇太に、龍が何度でも短気を起こす。

「養い親の秀の小説も、捲ったくらいで読んだことない。けど、今売れとる本は今までのんとはちゃうんや。テレビでなんや偉そうなおっさんや偉そうなタレントが、ああでもないこうでもないて秀の本の話しとる。どんな話かて、耳に入ってくる」

「ああ……そうだな。俺もなんとなくは内容知ってる」

「どない思う?」

　知っていると言ったとたんに目の下を真っ黒にして迫り来た勇太に、さしもの龍も大きく身を引いた。

「どうって……先生、賢いんだなって」

「賢いかどうかは知らへんわ。要は今いるもんを、新しいもんが皆殺しにしてなんもなかったことにして。ほんなら新しいもんが今いるもんになるから、新しいもんが現れてまた皆殺しにするてループで終わりやで」

「それがどうした」

「自分の親にそんな恐ろしいもん書かれてみぃ！　あいつ何考えとるんや‼　しかもそれが秀の元々の作風やっちゅう話なんやで？　俺八年も一緒におってあいつの抱えとる真っ暗闇に全然気づかへんかったわ！」

　すやすやと眠る自分の横で確かに暗い面持ちで執筆する秀が、頭の中でそんな世界を編んでいたと思うだけで勇太は、何一つ気づかなかった自分にも涼しい顔をしていた秀にも恐怖しかない。

「ちょっと落ちつけよ……」

　ほとんどノイローゼの勇太に龍が肩を竦めたところに、大学帰りの帯刀真弓（まゆみ）が、大学生らしいチェックのシャツにジャケットを着てふらふらと入って来た。

「……ただいま」

「ここおまえんちじゃねえぞ」

「勇太に言ったの……勇太、ごめん。俺もう無理」

俯いて泣き出しそうな声を聞かせて、真弓が椅子がないせいではなく勇太の膝に乗って盛大にその首にしがみつく。

「おいおまえら、人の店先でそんな盛大にいちゃこらしてんじゃねえぞ」

「いちゃこらしてない……怯えてるんだよ」

「真弓……」

しがみつかれた勇太は真弓の怖さがわかるのか、ぎゅっと強く真弓を抱きしめた。

「真弓まで、どうしたんだよ」

「勇太が読めないって言うから、代わりに秀の小説読んだの。初めて読んだ。怖い。めちゃめちゃ怖い」

「やっぱりそうなんか……」

震える真弓を強く抱いて、勇太もまた震える。

「どう怖いんだ？」

「なんにも秀が見えない。てゆうかノー感情、誰の感情もない。誰にも共感できない。そんな世界ってある？　誰にも共感できない世界の人たちが、古い習慣よくわからないもういらないねってさくさくたくさん殺していくんだよ……」

「あいつ……そないなやつやったんか……？」

真弓に説明されて勇太は、我が父親は最早全くわけがわからないと呆然としていた。

「あの白うて一見やさしそうなぼんやりしとる顔の下で、まいんちまいんちそないなこと考えとるんか？　八年間俺は、あいつが時々一人で笑ったりしとんのをかわいいやっちゃなと思って見とったこともあった……ふふて笑いながら頭ん中で、もういらないちゅうてさくさく殺しとったんか⁉」

惨劇の家、くらいの気持ちになって勇太が何処までも追い詰められる。

何しろ八年、まるで知らなかった秀を突然知ったのだ。

「気にし過ぎだろう。たかが本だろ？　先生はそれ仕事じゃねえか。仕事でやってることで、世間様にも評価されて。それでいいじゃねえかよ」

ああお子様たちは繊細で困ったもんだと龍が伸びをしたのが、極限状態の勇太の逆鱗に触れた。

「……せやな。秀は仕事や。せやけど仕事やなかったらその方がやばいんちゃうんか」

「なんの話だ」

「明信は秀の熱狂的な大ファンやで」

少ない語彙の中から「熱狂的」と「大ファン」を選び抜いて、勇太が龍に突きつける。

「え」

「しかも秀がこの町に来るより前からやそうや。あいつこないだ、秀に一番好きな秀の小説の話しとったで。それも恐ろしい話やったわ。誰にも……なんやっけ」

「誰にも愛されず誰にも求められずなんにも報われない主人公が砂漠に向かって死にに行くところで終わる小説。明ちゃんの一番のお気に入り、秀の小説の中で」

「う」

勇太と真弓におまえも苦しめと言葉を並べられて、まんまと龍は息を呑んだ。

「おまえ前に、自分の横で明信がいつも本読んどるのが無防備やってでれでれしとったなあ。そのかわいいおまえの明信がおまえの寝床で読んどる本はそういう恐ろしい本や‼」

「……まさかそんなあいつが」

二人に事実を突きつけられるまで、明信が読んでいるのはきっと「赤毛のアン」とかそういうどっかで聞いたようないい話なんだろうと思い込んでいた龍も顔色が変わる。

「全然気にしなかったの？　龍兄、明ちゃんの読んでる本」

両手で勇太にしがみついたまま、憐れむように真弓は龍を見た。

「……一度、聞いたな。なんか何巻もある長いのをあいつが読んでて、ずっと楽しそうに読んでるから。今何処にいんだおまえって」

「なんて答えてん。あいつ」

「……監獄島に……いるっつってた」

そのときに「子どもの頃は現実より本の中の徒刑場から帰りたくなかった」と明信は確かに龍に教えたが、龍はそのとき残念ながら「徒刑場」の意味がわかっていなかった。

「闇やで。相当な闇やで。その上秀の小説の熱狂的な大ファンなんやで」

「俺読み終わったから龍兄に貸してあげるよ……」

「よせ。いい。絶対読まねえ！」

手を伸ばして鞄(かばん)から秀の本を出した真弓に、龍が頑なに首を振る。

「でもお部屋に置いといたら俺怖くて眠れないから、ここに忘れてくね……」

「それ全然忘れてねえだろ！」

やめろ！　と龍が全力で拒もうと立ち上がったところに、大学院が終わって明日の仕込みを手伝いに来た明信が穏やかな表情で春風とともに入って来た。

「……ただいま。真弓もいたの？　龍ちゃん、勇太くんに煙草吸わせちゃ駄目だよ。勇太くん、あと少しなんだからお酒と煙草は我慢して」

大人らしいことを言ってやさしげに微笑む眼鏡の下の明信の瞳を、ブリザードに吹かれている三人は誰一人まっすぐ見られない。

「どうしたの？　みんななんかあった？　……あ」

三人が挙動不審なことには気づいて気に掛けながらも、明信はレジ台の上に真弓が置いた秀の新刊に気づいた。

「秀さんの新刊。いつもは大河兄に貸してもらうんだけどこれは自分で買ったんだ、僕。今は秀さんの本の中ではこれが一番大好きだよ。もう大好きで、何度も読んだ。このループから出たくないんだよね」

のほほん、とやわらかく笑いながら明信が、立ったまま凍り付いている龍に止めを刺す。

「明……おまえ」

ふらふらと明信に歩み寄って、龍は後先考えずに両手で恋人を抱きしめた。

「龍ちゃん……ちょっと、こんなとこで……っ」

「どんなとこでもいい！　俺は……いいよおまえにならなら何度殺されてもかまわねえ‼　今までおまえのそんな思いに全然気づかねえで俺は……っ」

不甲斐ねえ、と不甲斐ないの方向性を完全に見失って龍が、明信を強く抱く。

ようやく明信は、暗い顔の勇太にしがみつく真弓、我を失う龍と、レジ台の秀の新刊の関係性に気づいた。

たくさんの本を読んでその世界に入り込む者は、そこから帰るときにそれが現実ではないことを心から惜しむ。心から惜しむ者はそれを寂しく思いながら、本は現実ではなく、だからこそ現実には決して為し得ないことも経験できると知っている。

「これだから……」

本を読まない人たちは、と明信の喉元に最後の大鉈が出掛かったが、理性でそれは食い止められた。

ＳＦ作家阿蘇芳秀の新刊が人々にもたらした恐怖は、当分癒えることはない。

ダークマターズ…
しっ

正しい痴話喧嘩のやり方

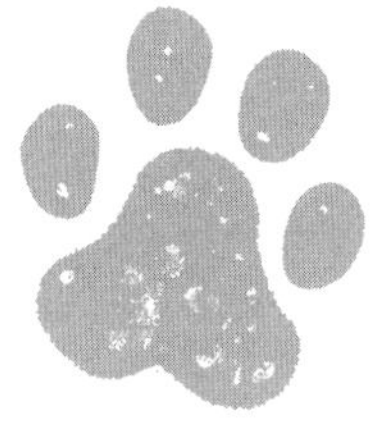

Ryuzucho
3-chome
obinatake no
Kurashi no
Techou

SF作家阿蘇芳秀の担当替えからほとんど丸一年が経とうという真夏、元担当編集者で恋人の帯刀大河は、作家としての秀が自分にとってどれだけ大切で取り戻したい者なのかをはっきりと自覚して、編集部でも宣言した。

「はい。はい、わかりました。大丈夫です。児山先生のペースで考えられてください」

長男で家長の大河がようやく正直にその思いを言葉にできたことで、家の中も以前よりはだいぶ空気がよくなったと、玄関脇の自室からよく響く大河の声を聞きながら夕飯後の居間の家族は思った。

「猫撫で声すごーい」

「おまえには大河あんなんやで。真弓」

「だからちょっと妬けちゃう」

兄離れしたつもりでも、他人に大河があんなやさしい声を聞かせるとはと、大学二年生の帯刀真弓が末っ子らしいヤキモチを、恋人の阿蘇芳勇太に聞かせる。

だが、この家でその大河の猫撫で声にもっとも壮絶な嫉妬をしているのは、まだまだかわいらしい学生の末弟などではなかった。

「お待ちしています。そんな、プレッシャーになんか感じないでください」

この一年近く時々聞こえる、まだ若手作家児山一朗太への大河の言葉が、一瞬の静けさに大きく響き渡る。

猫撫で声すごーいでは済まない、恋人であり元担当作家である秀が、白い割烹着で台所になんだか包丁を握って立ち尽くしているのを家族は見ない努力をした。

「来週またご連絡しますが、詰まっていてもお気になさらないで話してください」

やめろその過度なやさしさ、と秀の養子でもある勇太が大きくため息を吐く。

「悪い。夕飯の時間ずれちまったな」

居間にやってきたもののおとなしく本を読んでいる次男明信や、いつもテレビを観ている三男丈も、全員の夕飯が終わったことに気づいた大河が、打ち合わせ電話が思いがけず長引いたと頭を掻いた。

「大丈夫です。ちゃんと今、あたためました」

待ち受けていたように秀が、大河一人分きっちり盆に載せて居間に現れる。

「お……おう」

あまりのタイミングに少し引きながらも、大河は飯台についた。

「くうん」

縁側で眠っていたバースが、「ゴングの合図ですよ」と皆に教える。

「サンキュ。いただきます」

腹が減ったと食べ始めた大河の横にちんまりと正座して、白い割烹着のままの秀がじっと大河を見ていた。

「……なんだよ。何も言わねえで」

「言った方がいいですか？　僕が今思っていることを」

「やめてー何も言わないでー」

嫌な予感しかしないと、声を上げたのは真弓だった。

「思ってることがあんなら言えよ」

しかし長男はそんな含みのある言い方をされて聞かないという選択ができない、正面から立ち向かうしか能のない男である。

「どうして君は、児山先生にはあんなにやさしいの？」

薄く微笑んで、しかし氷のように秀は大河に尋ねた。

「別にやさしくなんか……」

「僕は去年児山先生に君を奪われるまで、児山先生と同じく君の担当作家だった。更に言えば僕は、君と仕事を始めたときなんて新人作家だったんだよ？」

信じられる？　と秀が、何処までも笑顔で続ける。

「奪われたって、おまえ」

「でも僕はただの一度も、君のあんなやさしい声聞いたことない」

「そんなことねえだろ」

「いいえ。一度も聞いたことはありません」

不意に、秀は能面のような真顔になった。

「児山先生は君の寵愛を一身に受けて、作家としても成長中だね……」

「言いがかりだ。俺は……だから、相手によって仕事の仕方を変えるのなんか当たり前なんだよ。児山先生はあのやさしい作風故に、繊細なところもあって」

「それは、僕がやさしくないからやさしくできなかったという言い訳ですか」

「揚げ足を取るな！　だがそれは合ってるだろう。児山先生は、必死で締切に間に合わせようとする健気なプロ意識を持ってる‼」

「何故プロ意識に健気なんて形容詞がつくんでしょうか。僕には全く解せません」

舌戦を聞かされている居間の四人は、ここを退散したいとそれぞれ自室に戻る準備を始める。

「締切を守るという精神は、健気さとやさしさからくるもんじゃねえのか。おまえの原稿が何日も押したことで、俺のみならず、校正さん印刷所のみなさんも何度も徹夜を強いられた。児山先生は原稿が押すということがそういうことだと知っているやさしい作家さんなんだぞ！」

「僕だってそのくらいのことは知ってます！」

「知っていて何故締切を守らない‼」

「今は前よりは守ってます！　破ってますけど守ってます‼」

破ってますけど守ってますとはどういうことだと四人は思ったが、それは大河にのみ通じる言葉だった。

実際作家に提示される締切は、実際に必要な日にちより半月近く早い。それだけ遅れることを想定して早く見積もる。

更にはその締切から半月遅れても、ギリギリなんとか間に合うようには設定されているもので、最近の秀は提示された締切は過ぎるものの必要な日にちには原稿を上げていた。

「ああ、今はな」

それをよくわかっている大河も、堪えられずに形相が変わる。

「俺が、担当だった、何年もの間、おまえは、ただの一度も、ギリギリではない日には、上げてこなかった」

「句読点が多過ぎです」

「それだけ一節一節を心して聞かせたいからだ！　おまえは俺が担当しているときは地獄しか見せなかった‼　それが担当が久賀になってからどういうことだ！　確かにおまえは破りながらも締切を守ってる‼」

地獄しかと大河が言ったその血の池地獄は家族全員も見ていたので、ここは秀には分の悪いところだった。

「……それは、君の催促の仕方に問題があったんじゃないの」

「わー、どうしよう大変なことになりました」

火にガソリンが振りまかれたと、真弓の声が震える。

「あの地獄の日々が俺のせいだって言うのか！」

「だって児山先生と全然催促の仕方が違うよね!? あんなにやさしくされたら僕だって締切より早く上げたと思うよ！」

「よくもそんな白々しい嘘が吐けたもんだな！」

「仮定法過去ですから虚偽ではないです‼」

「なんだか裁判みたいになってきたね……家庭裁判所……」

遠い目をして明信が、ここは何処だろうとため息を吐いた。

「懐かしいな、家裁。でも家裁の方がもっとあれだったぞ。りせいてき。れいせい。誰も怒鳴んねえもん」

「そらそうやな」

「そうなの？」

頷き合った丈と勇太に、まるでそんな世界を知らない真弓が無邪気に尋ねる。

「裁判官とか弁護士とか検事とかしかおらんからなあ。怒鳴る理由がないわ」

「確かに……ここを家庭裁判所なんて言ってしまって、僕は裁判所を冒瀆してしまったね」

お世話になったことのない裁判所に申し訳なさ過ぎて、明信はすっかり項垂れた。

「児山先生って本当に健気でかわいいよね。僕は君がそんなに多情だとは思ってもみなかった！」

「それはこっちの台詞だっ！　おまえとうとう久賀に懐きやがって……あいつは俺の同期で天敵みたいなもんなんだぞ‼」

「君はずっと涼しい顔をしてなんでも久賀に相談しろって超然としてましたけど⁉」

居間は家庭裁判所を遠く離れて、口論の内容はどんどん俗を極める。

「でもこの間みたいに暗くて何が言いたいのかわからない空気醸されるよりいいよ……」

この間までの喧嘩の方が静かだったが、こちらの方が気持ち的には楽だと明信は肩を竦めた。

「せやけど、内容がガキや……」

「こういう喧嘩は、せめて高校時代に済ませておいて欲しいよね！」

迷惑！　と真弓が口を尖らせるのに、痴話喧嘩の経験がない丈だけがそっと膝を抱えて落ち込む。

「君は僕より児山先生がかわいくてしょうがないんだね⁉」

「そんなの当たり前だろうが！　おまえこそ俺より久賀の方を頼りに思ってんじゃねえのか！」

「くうん……」

そろそろご近所迷惑なのではないでしょうかとバースが苦言を吐いたが、まだまだ終了のゴングは鳴らなかった。

「確かに久賀さんは頼りになります！」

「なんだと⁉」

「君みたいに怒らないあの人は全然！」

その代わりどんどん痩せていくことは、家族全員が知っていた。

「おまえは結局本当の久賀を知らないんだ！」

「それ僕に知って欲しいことですか⁉」

「やめろ馬鹿！」

「君は言ってることが本当に無茶苦茶だよ！　児山先生には大人みたいな顔して、僕の前では子ども‼」

「……それ、ちょっと自慢入っちゃってるよね。秀。つたないかわいい幼い自慢が……」

小さく真弓が、注釈を付ける。

少年期にやるべき手順を踏んでこなかったもうすぐ三十歳の大人達は、高校時代にしてこなかった痴話喧嘩を今から一つ一つこなしていく所存なのであった。

大河と秀は落ちついてまいりました

こんなつまらんことで喧嘩している相変わらずのような二人ですが、大河と秀は落ちついてきましたね！　と、同意を求める。

落ちついてきたけれど、きっと秀は時々は繰り返すでしょう。それは勇太と同じです。しょうがない。持たされていないから。

大河は秀が持たされていないことと、持たされていないことの意味を、段々と知っていってくれている。

そんな風に丁寧に、二人をもう少し書きたいです。

「正しい痴話喧嘩のやり方」と「竜頭町三丁目まだ四年目の大人の浴衣」は、単行本『竜頭町三丁目まだ四年目の夏祭り　毎日晴天！外伝』の時期です。

この本は、わたしの！　不徳の！　致すところ！　にて、本来『担当編集者は嘘をつく 毎日晴天！15』と『次男のはじめての痴話喧嘩　毎日晴天！16』の間に入れてナンバリングすべきだった内容になってしまっています。

ややこしいことにしてしまって本当に本当に申し訳ないです。

と、これは折に触れアナウンスしていこうと思っていて、出ていることに気づかない方がまだいるかもしれないと心配しています。

単行本版から、更に文庫版も出ています。

その頃の大河と秀です。

わたしは大河と秀を書いているときにいつも心の隅に浮かんでいる言葉があります。

「仲良きことは美しき哉(かな)」

竜頭町三丁目
まだ四年目の大人の浴衣

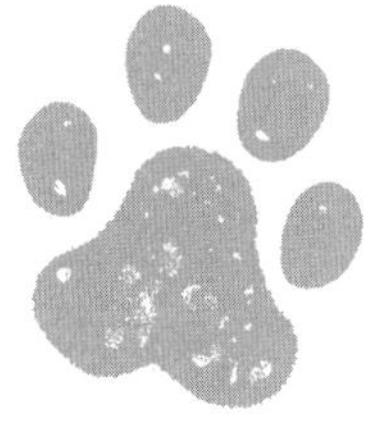

Ryuzucho
3-chome
obinatake no
Kurashi no
Techou

「真弓ちゃんが天色の方の浴衣を着て花火に行ったよ。勇太と」

長いこと自分の部屋に掛けられていた藍染めの花柄の女物の浴衣を丁寧に畳みながら、秀は大河に告げた。

「そうか」

安堵の息を吐いた大河は、結局弟はどうしたのかが気になって、秀の部屋を訪ねて帖紙を挟んで向き合っている。

「……もしかしたらもう、この浴衣は風を通すだけになるかもしれないね」

四年前の夏に竜頭町三丁目のこの家、帯刀家にやってきて、ただ必死なばかりだった日々の中で真弓のために縫った浴衣は、秀にとっても思い出深いものだった。

「その方が俺は安心だけどな」

幼い頃、長女志麻に女物を着せられて育った弟はもう新成人で、勤め人である以上に社会通念に囚われることの多い長男は、女物を着ることが真弓を傷つけるのではないかと心配で堪らない。

「真弓ちゃん、そのこと気づいてたよ」

「どのことだ?」

やさしい目をして秀が笑うのに、大河はまるで意味がわからなかった。

「男物の浴衣の方が簡単だし自分で着られるようになりたいって、今日僕が教えてあげながら真弓ちゃん浴衣着たんだけど」

愛おしく寂しく思うまなざしで、秀は息子の勇太と連れだって花火に出かけて行った真弓を思っている。

「大河兄が選んでくれる色は、いつも青なんだって。でもちょっと変わったきれいな青なんだ。俺を護ってくれる色で、でもきれいじゃないとって一生懸命選んでくれてたってやっと気づいたって」

きれいな色を身につけて育った自分の心も大切に考えてくれて堅物のはずの兄が、天色、青藍、と、あまり聞かない色を選んでくれていると浴衣を着ながら真弓は秀に言った。

「……すっかり大人になっちまったな」

「泣かないで」

「泣いてねえよ！」

実はうっかり泣きそうになった大河が、秀に真顔で慰められて笑う。

「君は心でも目に見える形でも、全力で真弓ちゃんを護ってきた。伝わってたんだね」

「伝わることなんて、望んでなかったけどな」

弟を護るのは当たり前の自分の仕事だと思っていたと、帖紙の紐をきれいに結ぶ秀の指先を眺めて大河は不意に惑った。

「おまえ」

目に見える形でも、確かに大河は真弓を思ってきた。青藍のスーツ、天色の浴衣。幼い頃は姉に殺されそうになりながら、小学校の入学式の紺のスーツ、青いランドセルを選んだ。

「浴衣、買ってやるよ。秀」

「え？　どうしたの突然」

唐突に自分に水を向けられて、藍染めの浴衣をしまい終えた秀が大きく戸惑う。

「おまえがうちに来て丸四年。こうやって真弓や、家族のためにあれこれしてくれて。その上……」

その上自分は秀の恋人になってからも四年なのにと、大河はそのことに気づいて驚いていた。

「俺、おまえに何もしてやったことがない」

「何言ってるの、充分してくれているよ。ここでのみんなとの時間もそうだし」

そんなのはお互い様のはずだと人間らしいことを言おうとしながらも秀は、そして仕事もと言い出すと恨み言しか思いつかない。

「浴衣、買いに行こう今から」

「もう八月が終わるよ、大河」

浴衣の季節は完全に終わると、秀は苦笑した。

「仕立てておいて来年着たらいいさ。行こう！」

真弓の浴衣も始末し終えたしと、大河が秀の手を引いて立ち上がる。

衝動的に家を飛び出す大河に、致し方なく秀はそのままついて行った。


竜頭町商店街にある小さな呉服屋に、大河と秀は赴いていた。

真弓の浴衣の反物も、女物も男物もここで買った。年寄りがもう地域の人の分だけを売っている店で、最近は閉まっていることも多い。

「男物の浴衣はねえ、あるのは今はこれだけで。後は取り寄せることになるよ」

大河は子どもの頃から知っているけれどすっかり歳を取った女将が、三つの反物をきれいに手入れされた畳に広げてくれた。

大河も秀もその畳に座って、反物を眺める。

「これ、君に似合いそうだね」

藍色の反物を眺めて、秀は笑った。

「おまえのを選ぶんだよ。生成りみてえのがいいんじゃねえのか？　白っていうか。若竹とか。小千谷縮か、絞りか」

「男物の絞りはねえ。なかなか、取り寄せるにしても。あと縫うのが大変だよ」

値段の張るものを闇雲に並べた大河に、女将も困って笑う。

今ここにあるものはごく普通の藍色が中心で、秀の肌色には馴染みそうもなかった。

「そんないい物、僕にはもったいないよ。だいたい今まで着る習慣もなかったのに」

突然そんないい浴衣を与えられてもと、秀が大河に首を振る。

「だけど」

「先生の言うことはもっともだよ、大河ちゃん。着物や浴衣ってのは、手入れも大変だし洋服みたいに気軽には着られない。最近ではそういうもんだ」

昔は違ったけれど、現状もきちんと把握している年寄りの女将が、大河を諫(いさ)めた。

「いい浴衣を仕立てて簞笥(たんす)の肥やしにしちまったらもったいない。よく考えてからまたおいで」

小さな子どものように宥(なだ)められて、大河も言葉が出ない。

「帰ろう。……お手数お掛けしました。ありがとうございます」

秀が女将に深々と頭を下げて、二人は呉服屋から往来に出た。

「もう単衣の季節になるし、浅草で一緒にレンタル着物で歩きたいな」

まだまだ暑い夕方の往来を歩きながらふと秀が、大河には全くらしくなく思えることを言う。

「レンタルなんておまえ……随分安っぽいもんなんじゃねえのか？」

浅草で観光客が着ているのを見たことがあると、大河は苦い顔だ。

「京都にいたときはもっとよく見かけた。確かに女の子の着物は特に一目でレンタルだってわかるし、高くは見えないけど。だけど女将さんが言ったみたいに、今は自前の着物をきちんと着るような習慣だってなくなってて、このままだと着物自体が廃れちゃうのに」

そんなこと言ってもと、秀が肩を竦める。

「それに、何より色鮮やかで僕は目に楽しかったよ。レンタルでも着物を見ると。カップルで着てる人たちもよく見かけたから、男物もあるみたいだよ。二人で浅草寺とか……着物で歩きたいな」

最後の望みは小声になって、秀は大河にねだった。

「でも、おまえに着せるならもうちょっと」

ちゃんとしたものをと言い掛けた大河を、秀が立ち止まって見上げる。

黙り込んで、困ったように秀が長く自分を見ていることに、ようやく大河は自分が何をしようとしていたのかに気がついた。

「……ごめん。独りよがりだな」

「そんなことない。嬉しいよ」

目に見える形で、感謝と、何より愛情を見せて渡すことで安心しようとしていた自分に息を呑んだ大河に、すぐに秀が微笑んでくれる。

「君のその気持ちが、嬉しい。僕、本当に最近……前より色んなことが見えるようになった気がする」

「……どんな？」

ゆっくりと秀は、同じ歩調で大河とともに歩き出した。

そのことは大河も強く感じてはいるけれど、だから余計に今秀に自分のどんな粗末さが見えたのかと思うと怖い。

「前の僕なら、君が僕のために選んでくれる浴衣が欲しかったかもしれないし、それで僕も嬉しくて安心したかもしれない。君の愛情だって。だってそのことにはきっと、間違いはないし」

間違いはないと言い添えて、秀は確かめるように大河を見た。

「ああ、愛情だ。粗末だけど」

「粗末なんかじゃないよ。君はいつもできる精一杯を考えてくれる。でも、君が僕にちゃんとした浴衣を着せたいって思ってくれることが、今の僕は君の愛情だってこうしてわかってて」

懸命に秀は、言葉を選んでいる。

覚え始めた感情、見え始めたばかりの視界を、言葉にするのはまだ少し難しかった。

「だけど、ちゃんとした浴衣がなくても僕はその君の愛情があることを信じられていて。それで」

公園の近くでまた立ち止まって、確かめるように何度でも、秀は大河を見つめた。

「君に伝えられて、僕も君を安心させられてるといいな」

そこは自信がないと儚げに、秀が瞳を揺らす。

「……バカ」

瞳をなんとかちゃんと見つめ返して、大河は秀の髪をくしゃくしゃっと撫でた。

「安心したよ。すごく」

丁寧にゆっくりと、秀に感謝と愛情を大河が渡す。

「よかった」

息を吐いて秀が、秀にしては大きく笑った。

「……なんか、急におまえそんなに成長して」

ふと、違う不安に捕まって大河がため息を吐く。

「俺を追い抜いて置いてくんじゃねえかって、不安になるよ」

歩きながらぼやいた大河に、秀もため息を吐いた。

「わかった。君って心配事がないと死んじゃうんだね」

回遊魚なの？　と秀が、今度はただ呆れ返って肩を竦める。

「ここは愛ゆえの不安だと思わねえのかよ！」

「思わない。君は心配が趣味の回遊魚です」

つきあいきれませんと秀がふて腐れて、やはりいつも通りのやり取りが一番安心すると、仕方のない回遊魚は思い知った。

地球でたった一人のウオタツ

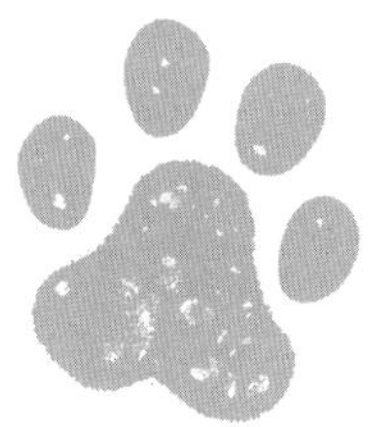

Ryuzucho
3-chome
obinatake no
Kurashi no
Tschou

「ホント、癖になっちゃったよね。ここのたこ焼き」

竜頭町に真冬が訪れた頃、少し大通りに出たところにあるスーパーで、イートインのプラスチックテーブルに肘をつきながら大学二年生の帯刀真弓はおいしいのかおいしくないのかそれともなんなのか全く結論の出ないたこ焼きを食んでいた。

「俺はたこ焼きやと思てへんで、これ」

真弓の恋人、山下仏具の職人として二年目の阿蘇芳勇太は、大阪生まれの大阪育ちなので粉物には一方ならぬ思いがある。

「これがたこ焼きじゃねえなら何がたこ焼きなんだよ。ったく贅沢だなおまえは」

おいしくたこ焼きをいただいているのは、竜頭町商店街魚屋魚藤の一人息子、ウオタツこと佐藤達也だった。

同じ竜頭高校の同級生だった三人は二年前に高校を卒業して、達也は隣町の自動車修理工場に勤めている。売り言葉に買い言葉で実家を飛び出して、社宅として使われている隣町の団地で一人暮らしをしているものの、達也はそこを「地獄団地地獄部屋」と呼んでいた。何もできない十八歳からスタートした一人暮らしにて、自ら地獄の生活を送っているのである。

「ホント達ちゃん、最近毎週末帰ってくるね。てゆか平日の夜もいるときない？」

高校時代は学校に行けば約束もなく顔を合わせていた三人だったが、隣町に引っ越してしまった達也とは会おうとしなければ会えなかったりもするので、最近はこうしてスーパーのたこ焼きなのかなんなのか謎のたこ焼きを囲んでたまに集まるのが習慣になっていた。

「……実家」

帰ろうかなと、喉まで、いや前歯の裏まで出かかって達也はなんとかその弱音を呑み込んだ。

高校卒業まで達也は、意識したことは残念ながらなかったが、魚屋夫婦の一人息子としてそれなりに衣食住足りる生活を自動的に送らせていただいていたのだと、十八歳男子一人暮らしを始めてすぐに散々に思い知った。

誰も叱ってくれないので気づくと部屋は散らかり放題。洗濯は最初はコインランドリーでなんとかやっていたが金も掛かるので、近頃は週末に実家に持ち帰っては両親に小言を言われている。

「先生のやたら丁寧なメシを毎日上げ膳据え膳で召し上がってらっしゃるお二人には、このたこ焼きのおいしさなんて永遠にわからないでございましょうともよ」

何より食事がとにかくとにかくとにかく辛い。

商売柄肉よりも魚が圧倒的に多く、なんだか知らないけどやたら茶色の母親の作る食事を、時には文句を言って父親に殴られながらそれでも毎日食べていた頃を、達也は遠く思い出した。

「どしたの達ちゃん。そんなにこのたこ焼き好き?」

「好きとか嫌いとかで俺はもうメシを選べるような人間じゃねえんだよ……おまえらも二人で暮らし始めたらわかるさ。このたこ焼きのありがたさが」

「あ……」

「ああ……あああ、あ……せやな」

どんな絶望の中に達也がいて、いずれこのままだとその絶望は自分たちも味わうことになると思い知らされた真弓と勇太は、暗く俯いた。

「なんか明るい話！　あ‼　すっごいまっとうな理由で人の大きな秘密を聞くのが大嫌いな達ちゃんに、でもちょっと話しちゃったから顚末だけね。龍兄と明ちゃん仲直りしたー」

「めっちゃ手ぇ掛かったわ……せやけどまあ、恩返しやな。俺らは」

プロ野球のリーグ戦が終わる頃から始まった、一番恙なくいっていると人々に思わせていた龍と明信だからこその揉め事は、真冬になる頃ようやく落ちついたようだった。

「……ホントに勘弁してくれー。勇太が言ってただろ、山下の親方の人の秘密を聞かねえ方がいいまっとうな理由。俺そこまで考えてなかったけど、確かに責任持てねえよ。そのみんなが知ってる大きな秘密」

「うん。すっごいまっとうな理由だからこそ、達ちゃんの勘違いを俺解かないとって思ったんだよね」

その龍と明信の痴話喧嘩について、真弓がまさにここでたこ焼きを食べながら話そうとしたときに、達也は言った。

——何度でも訊くけどよ。それみんなが知ってる大きな秘密だろ。俺の前でしていい話なのかよー。

それは度々達也が、二人に苦情を申し立てていたことだ。

「勘違い？」

そのとき勇太が二人に、勤め先の親方が、人の大きな秘密を聞いてはならない理由は漏洩したとき責任が負えないからだと言っていたと言い、達也は余計に恐怖を深めている。

「達ちゃん時々それ言うじゃん。龍兄と明ちゃんのこと、みんなが知ってる大きな秘密だって」

「ああ。それがどした」

「聞きたくない達ちゃんの理由がすっごいちゃんとした理由だったから、初めて俺そのことについてすっごいマジメに考えたんだけど」

「初めてなんかいな。気の毒やな」

自分は考えてやってもいないのに、肩を竦めて勇太は真弓を咎めた。

「今までは聞き流しておりました。真剣に考えたらすぐ気づいたけど」

「……何が」

この前振りは達也にとって、良い予感は1％に満たない。

「地球でたった一人じゃない？」

「それは先生のお友達のことだろ？」

達也は現在、真弓の保護者であり長兄の帯刀大河の恋人であり、勇太の義父である阿蘇芳秀の、地球で唯一の友人として帯刀家から名誉の認定を受けていた。

秀はSF作家のせいか、いやそうではないと全てのSF作家が主張するだろうけれど、とにかくあまりにも宇宙的なところがあり、地球外生命体であることを度々全方位から疑われている。

秀自身も帯刀家の屋根の下にいる自分以外の五人にしか興味がないように見えるが、そんな秀が家の外で最も懐いているのが達也だ。

「この間、職場に弁当持って来てくれたよ……おたくの奥さん」

しかも他に懐いている他人がいないものだから秀の方は加減がわからず、二十歳の青少年のドヤンキーの多い職場に、一応白い割烹着だけは脱いで二重の重箱弁当を持って達也を訪ねたりしている。

「それは……おまえ、あれやろ。おまえが自分でゆうとったやないかい。一人暮らしでメシが地獄やちゅうて」

「そうだよ……秀なりの精一杯の愛情の表れ……」

「精一杯過ぎんだろ！」

愛情に抗（あらが）う達也の言い分は、ご無理ご尤（もっと）もと家族は明後日（あさって）を見るしかなかった。

「そんなうちの奥さんにとって地球でたった一人のお友達の達ちゃんには、もう一つ地球に一人ということがあると俺は気づいたのでお知らせします」

おうちの宇宙人の話ではないと、真弓が恭しく達也を見つめる。

「待て」

いやな予感以外するはずがないし、そもそも達也は特別な何かになりたいという根性に全く欠けていた。子どもの頃は大人になったらダンプになりたいと思っていたが、それは人間になる以前の将来の夢なので、人間になってからはなるべく普通に人様に迷惑を掛けず問題を起こさずに日々を慎ましく生きていきたいということだけが達也の望みだ。

「聞きたくない。もういい」

ささやかな望みを日々淡々と叶（かな）えて生きることに努めている達也は、自分がこれ以上何かに於（お）いて地球でただ一人の者だなどと知りたくはない。

「でも、達ちゃんの秘密を知りたくない理由ってマジで大変な理由じゃない？　だったらその秘密がどんくらい大きいか知っといた方がよくない？」

「知りたくなんか」

「龍兄と明ちゃんが恋人同士だって知ってるうちの人じゃない人、地球で達ちゃんだけだよ」

「え」

知りたくなんかないと言おうとした達也をぶった切って、真弓は恐るべき事実を達也に突きつけた。

「……そら、そうやろな考えてみたら。なんでおまえ、みんなが知っとると思とってん」

言われてみたら町内の者は、明信は木村生花店のバイトが長続きしている親しい幼なじみ以上には思わないだろうと、勇太がだめ押しする。

「だって」

花屋の隣の揚げ物屋の女房理奈(りな)が実は二人のことに気づいていて、龍に鉈(なた)を突きつけたことを知る者は残念ながらこの三人の中にはいなかった。

誰にとって残念なのかというと、それはもちろん達也にとってのみである。

「むしろどうして達ちゃんは知ってしまったの？」

「それはおまえらが俺がおまえんちのことはなんもかんも知ってる前提で喋(しゃべ)ってるからだろうが！　いつでも‼」

知ってしまったのじゃねえという達也の心の叫びは、必要以上にスーパーに谺(こだま)した。

「うーんそれは俺たちの責任だよね……だけどある意味もう家族同然ってことじゃない？」

「せやせや。ちゅうか実際そうやないか。外に住んどる親戚みたいなもんやろ、ウオタツは」

親しい二人に家族同然と言われて普通なら愛情を持って喜ぶべきところに、何故も何も達也は絶望が深まるばかりだった。

「他人だ。俺は他人だ。宇宙から来たおたくの奥さんとも、どこぞのどなたかと恋愛してるかもしれないご次男様とも赤の他人なんだ」

どうかわかってくれと、達也がもはや目的も見失って訴える。

「あ、でも地球に一人じゃないこともあるんだよ？」

「それはなんだ」

目的を見失っているので達也は、他人だからどうかそんなに面倒を掛けてくれるなという道からコースアウトして、何については地球一ではないのだと意気込んで真弓に訊いた。

「俺と勇太のことは、地球に達ちゃん一人じゃないよね。知ってるの」

「ああ、せやな。龍も知っとるし……御幸（みゆき）も知っとるし、後は誰や」

指を折って勇太が、自分と真弓が恋仲であると知っている他人を数え上げる。

「まあ、ゆうても三人なんちゃうか？」

「そうか……地球に三人もいるのか……よかった」

達也のコースアウトは続行中で、なかなか本道には戻れない。

「でも龍兄には心配掛けたことあるけど、それ以来はなんかテキトーに揶揄（からか）ってくるだけだし」

「御幸は知っとるだけやな。ほんならウオタツ」

「やめて」

「地球で一番、俺と勇太のことも理解してくれてるよその人だね。達ちゃん。ありがと！」

感謝しかない真弓の笑顔に本日三つ目の地球で一人の称号を与えられた達也は、さっき前歯の裏までできた「実家に帰りたい」という言葉を、遠く宇宙の果てまで葬り去った。

久賀総司の穏やかな日々と、ウオタツの幸せ

今回短編集が出ると決まった時、このタイトルの書き下ろしをしたいなと一瞬考えました。

とりあえず今は無理かもしれない。

だってどちらも今のところ存在していないから。

ウオタツはめっちゃいいやつだなと思いながら、二十年以上「サイコーハッピー」にはならないまま書き続けております。

前の番外編集が出た頃には、理由がわたしにもわからなかった。かわいいやさしい彼女ができて、結婚も早そうに見えるけど、何故なの君はいつも恋愛に関してちょっと不幸だね。

どうして？　と、書いているわたしも疑問だった。

まあ。

そう簡単に幸せにはなれないだろうな、恋愛面では。と、今のわたしは思っている。

読んでくださっているあなたの恋愛対象が男性の場合、ちょっと想像してみてくださいな。達也とつきあうことを。

達也はなんだかちゃんと相手を選んでいない。相手を見てないし、話も聞いてない。

男友達には最高にいいやつなんだけど、彼女にとっては、

「え？　今日という日にまさかわたしを一人にするの？　訳も言わずに？」

という男なんじゃないかと。

今のところ達也は、自分でそういう道を選んでる。

だけどまだまだ人生は長いので、何かが巻き起こるかもしれないし、なんとなく誰かと結婚して子どももできて、妻に小言を言われたら言い訳もせずちょっと家から出てく。みたいな夫になるかもしれない。

できれば達也に何かが巻き起こりますように。まだ見ぬ達也と生きる誰かのために。

一方久賀総司には実は穏やかな日々をまったく望んでないかも。

そして久賀総司には必殺、「かっこいい」という魅力がございます。

久賀はおもしろい男にあっという間に育ってくれて、書きたい心を唆(そそのか)されている作者です。

花屋と次男は
東京ドームに行けるのか

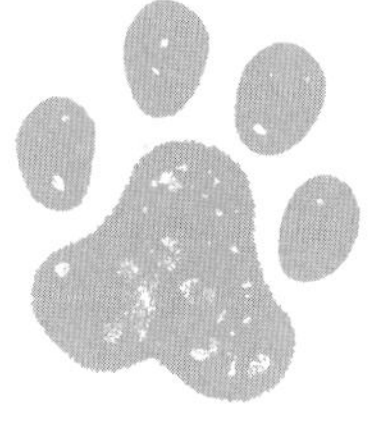

Ryuzucho
3-chome
obinatake no
Kurashi no
Techou

「やめといたら？」

初めて恋人同士らしい喧嘩をした花屋の店主木村龍は、恋人で竜頭町三丁目帯刀家次男の明信と来シーズン東京ドームに行く夢を語って、その明信の末弟真弓にばっさりと否定された。

「なんでや？」

師走の迫る竜頭町商店街花屋の店先を、大学野球部マネージャーである黒いジャージの真弓と、山下仏具の職人であるその恋人の阿蘇芳勇太が気軽に待ち合わせ場所にしてくれていた。

「悪い考えじゃねえだろ？　あいつの好きなヤクルトと俺の好きなジャイアンツの試合を……明のホームで観るよ。三塁側で」

そこは譲歩する予定だと、龍が来年春に予定していた明信とのデートを語る。

「まあ、俺やったら東京ドームで敵陣に座るんなんか死んでもいややけど。それを龍が三塁側に座るっちゅうとるんやから、ええんちゃう。ちゅーか神宮球場やったらあかんのかいな」

そこまでしてやらんでもええやろと、勇太は気概を買ってやって龍の側についた。

「明ちゃんじゃなくて、龍兄のために言ってんだよ。やめときなよ。明ちゃんと野球なんて」

「強めのヤクルトファンだって言ってたけど、そんなに野球が好きなようにも見えねえぞ」

お互い贔屓の球団が違うのだから、次はリーグ戦で他愛のない喧嘩をしようと、龍は明信と長い喧嘩の仲直りの時に睦み合ったのだ。

「だって、敢えて黙ってるからね。明ちゃん」

端的に言われて龍だけでなく勇太も、帯刀家の明信も花屋の二階でも明信は、野球中継中言葉を発しないことに気づく。

「たいてい巨人か阪神の試合しかついてへんからとちゃうん」

「俺も無神経で、ずっと巨人戦しか流してなかったしな」

「二人とも明ちゃんを全然理解してない。俺、最近野球に詳しい人になったじゃん。スコアもつけちゃう。今ならだいたいわかるんだけどきっと、子どもの頃のことだからちゃんとは覚えてなくて……あ、理解してないけど一番明ちゃんを知ってる人がきた」

遠くからランニングしながらのシャドウボクシングの気配がするのにここにいる者たちは慣れていて、帯刀家三男でプロボクサーの丈に真弓が花屋から顔を出して手を振る。

「丈兄。調子どう？」

「おお！　絶好調よ‼」

いつ誰が訊いても同じ答えを返す丈は、龍に向かって激しいシャドウボクシングを披露した。

「……飽きねえな、あいつも」

ブラコンの弟はすぐ上のやさしい兄明信を死ぬほど慕っていて、龍は明信を泣かせようが笑わせようが幸せにしようが不幸にしようが満遍なく丈には嫌われ続けるとあきらめている。

「ねえ、丈兄説明してよ」

「なにを？」

「小学生の時、丈兄テレビで野球中継観ながら明ちゃんと喧嘩してめちゃくちゃ泣いたじゃん」

「あ……ああ。ケンカっつうかあれは……」

真弓に言われたことをきちんと覚えている丈は、その古の思い出に気勢を下げた。

「なんだよ。明を泣かしたのか、おまえが」

「野球一つであないにやさしい兄貴をようもまあ」

店内から呆れた声を聞かせた龍と勇太に、「違う！」と丈が店に乗り込んでくる。

だがその先は恥じて、丈は続けられなかった。

「泣いたの丈兄だよ」

その時まだ幼かったが衝撃のあまり鮮明に覚えている真弓が、あっさりと明かす。

「ええ⁉　なんでおまえを明信が泣かしたんや」

「野球で喧嘩して、負けたのか？　おまえが明に」

明信と野球で喧嘩になって泣いたならそれはそれで呆れると、龍と勇太は何処までも明信をまだまだわかっていなかった。

「……勇太は阪神ファン、龍兄は巨人ファンだよな。てゆか何処のファンでも、明ちゃんと絶対野球の話しねえ方がいいぞ」

珍しく丈が、心からの助言を二人に与える。

「なんでや」

「明ちゃんは野球、実はすげえ真剣に観てんだよ……ああ見えても」

重々しく丈が言うのに、この花屋の二階でシーズン中ずっと野球中継をつけている龍は、同じ部屋にいる明信が確かにほとんど野球について喋らないと突然気づかされた。

「本を、読みながら観てんぞ。いつも。観てるのか観てねえのかも怪しいぞ」

「それ、観ねえでくれてんだよ。オレが小四の時死ぬほど泣いたからだぞ。感謝してくれ」

恐る恐る言った龍に、丈が真顔で感謝を求める。

「そうだね。観ると考えちゃうからね、明ちゃんきっと。観ないであげてるんだよ、巨人戦」

敢えて本の世界に没入しているのだろうと、真弓は明信の愛が深いと龍に笑った。

「ちゃんと観ていただくとどうなるんだ……？」

三年そばにいて、段々と明信がただおとなしいやさしいだけの人間ではないことくらいは恋人として龍も理解していたが、野球如き(ごと)で可愛い(かわい)弟を泣かせるとはとても想像できない。

「その日、オレが大好きだったジャイアンツのピッチャーが引退を表明した」

どんよりと丈は、小学校四年生の秋に帰りたくないけれど無理やり帰った。

「すげえ好きなピッチャーで、オレが物心ついたときにはもうエースだったんだ。なんで辞めちゃうんだよ、まだまだ投げられるのに、なんでなんで！　と、オレはとても子どもらしい駄々を捏ねた。テレビの前で」

語り出した丈に、それなりに明信という人を覚えた龍は、喉まで「もういい」と出かかる。

「なんでなんでとオレが言ったので、なんでも答えてくれる明ちゃんは答えてしまった……。腕の振りが遅い上に大きくなって、球筋が読めるようになってしまったからかな。制球力も低くなって、筋力が弱くなったんだろうね。……オレは残念ながら明ちゃんの言ってる難しいことが、野球の話なんでこのときだけ全部わかってしまった……」

それを小学校六年生がすらすらと言ったのかと、龍も勇太も言葉が出なかった。

「オレが呆然として口を開けてたら明ちゃんは意味がわかんなかったとカン違いしたみたいで。球威も140キロを割りそうだし防御率が2を割りそうだからかなと、わかりやすく駄目押しを……。あのな、明ちゃんにはなんと悪気がねえんだよ！　なんでって訊いたからただ説明してくれただけなんだ……」

「俺……十二歳の時何考えとったかな……」

かなりハードな子ども時代を過ごしたものの、恐らくは三十代であろうプロ野球投手の引退表明の日にそんなシビアな目を向けることは今もとてもできないと勇太が震える。

「俺は、あんまりよく覚えてねえな……十二歳か……」

「男の子が子どもの頃のこと覚えてないのって、自分が世界の中心だからなんだって！」

自分はよく覚えている真弓は、出たこのジャイアンめと龍に教えた。

「そうなのか……？」

「うん。これも明ちゃんが言ってた」

野球デートの甘い夢を打ち砕かれたダメージでボロボロの龍に、真弓が笑顔で止めを刺す。

「スタンドでビールを飲んで風船を飛ばしたりしようと俺は……」

「まだまだ明ちゃんをなんにもわかってないね！　龍兄」

部屋で野球中継観てる時も球威とかフォームとか制球力がとか思ってるんだよ！　と、止めを刺した剣を真弓はぐりぐりと残酷に回した。


シーズンオフでよかったと、師走の押し迫る花屋の二階でぼんやりと龍はニュースをつけた。

明信が支度してくれた夕飯が片付き、今日は恋人は本を読まずに隣で一緒にニュースを観ている。

スポーツコーナーで現役選手の一人が引退を決めたというニュースが流れて、昼間の丈の話を思い出して龍は震えた。しかも龍の好きな巨人の選手だ。

「引退、決めたんだね」

　一方明信はそんな龍の震えにはさすがに気づかず、茶を手にしながら穏やかな声を聞かせる。

「そうみてえだな。まだ三十五なのに……」

　うっかりなんでと言いそうになって、龍は全力で口を噤んだ。

　明信は「引退するんだね」と驚かずに、「決めたんだね」と言った。「なんで」と言ったら龍は、「なんで決めたのか」という理由を解説されてしまうことが、丈の残酷童話で予想できた。

「あ、ドラフトのこともやってる。来期、龍ちゃんと野球観るの楽しみにしてるんだ。この子たちも出るのかもしれないね」

　話題の新人たちを二人で観るのかもしれないと、明信は無邪気に笑う。

「……そうだな」

　つまらない喧嘩をしようと約束したけれど、しかしそれは決してつまらなくはなく、なんなら別れの危機どころかいい歳をして自分は丈の如く泣くかもしれないと龍は心を弱らせて、最早どうやってその約束を回避したらいいのか考え出した。

「春の甲子園、観るか。昼間だけど休みの日にでも」

　高校野球なら、明信も無体なことを言わないだろうと思い立つ。

「うん……」

　けれど今度は明信が、少し顔を曇らせた。

「何か……嫌いな理由があるのか、甲子園」

「そうじゃないけど。まだ子どもの体なのにあんなに連投して大丈夫なのかなって、つい」

つまらない観方だよねと、明信が苦笑する。

ごめんと言った明信のやさしい目を、じっと龍は見つめた。

それは人によっては確かにつまらない観方かもしれないが、自分のよく知っている明信の人を思う気持ちの強過ぎる観方だと、ようやく恋人の顔がちゃんと見える。

「おまえはたくさん考えるし……考えることがやさしいな」

震えも止まり、よかったこれは自分の恋人の明信だと龍は息を吐いた。

「だが東京ドームは俺たちには、いや、俺にはまだ早い！」

「どうしたの。龍ちゃん」

様子がおかしい龍に気づいて、明信が心配半分に小さく笑う。

「プロ野球選手にもやさしくしてやれ」

戯言（ざれごと）のように言ったつもりの龍に、明信は笑った。

「プロ野球選手は、野球を仕事にしているプロだよ？」

やさしくする理由はないよと明信が朗らかに言うのに、龍の東京ドームデートはガンダーラの如く遠ざかった。

花屋を月に連れてって

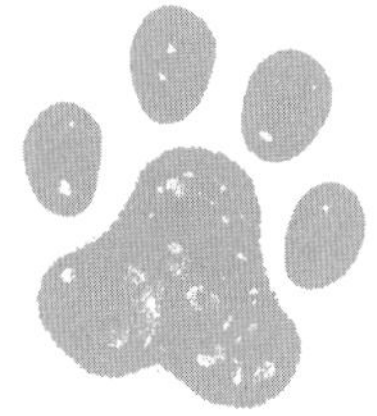

Ryuzucho
3-chome
obinatake no
Kurashi no
Techou

もうすぐ二月の声を聴く頃、竜頭町の往来に落ちる日差しも多少やわらかく綻び始める。

町の花屋である木村生花店はこの季節は仏壇花を売るのが主で、店の中の丸椅子では店主の木村龍と、その恋人でバイトの帯刀明信がコツコツと花を括っていた。

「どうもー、花ー貰いにきましたー」

間延びした声でいつもとは違うおかしな喋り方をしたのは、明信の兄の恋人で同居人の阿蘇芳秀の義理の息子、阿蘇芳勇太だった。

「はは、山下の親爺さんになんか言われたか」

つい先日成人式を迎えた勇太を高校一年生のときにここでバイトで使っていた龍が、耳慣れないおかしな丁寧語に苦笑する。

「そらあもう。最初っから刑務所かっちゅうくらい厳しかったのに、高校卒業したら一人前やゆうて倍厳しゅうなって、成人したらいつまでそんなガキみてえな口きいてんだとどつかれ」

そうして山下仏具で厳しく躾けられているものの、ここに来ると勇太も気楽さを見せた。

「偉いよ。見違えるみたいに大人になって」

同じく勇太を高校一年生の頃から家の中で見ている明信が、いつでもやさしい声を聴かせる。

「そんなに甘やかしてやんな。まだまだこれからだ。……ほれ、仏壇花」

電話で頼まれていた山下家の仏壇用の花を、きれいにまとめて龍は勇太に渡した。

「おまえ自分がデレデレデレデレ明信に甘やかされとって、仮出獄にもなられへんような職人見習いの俺にようゆうたもんやな」

龍と明信は年末に初めての大掛かりな痴話喧嘩で別れの危機を迎え、勇太は明信の弟で恋人の真弓に頼まれここで一役買う羽目になった。

「デレデレって、そんな。なあ?」

腹が立つことに龍がむきにもならずすかして照れて見せたので、今日も今日とて親方に厳しく躾けられた勇太は八つ当たりの一つも残してやろうと目を据わらせた。

「……まあ、ええわ。短い時間や。デレデレ甘えとったらええ。甘えとれ」

「なんだよ短い時間って」

明信は別にここを離れる様子はないと、変に安心を見せた龍がまた勇太をカチンとこさせる。

「秀の小説映画になるんやで。知っとるか? 龍」

「あ……」

勇太の言葉に声を漏らしたのは龍ではなく、黙って一緒に照れていた明信だった。

「ああ、本屋にポスター貼ってあっかんな。すげえじゃねえか」

「俺はまたおとんがテレビやら電車の吊り広告やらに出まくるんか思たら、成人しても死にそうや。けどおまえは死にそうやなくて、死ぬんやろうな……気の毒に」

「な、なんでだよ！」

白菊と竜胆で美しく纏めた花を大層縁起悪く持って拝んだ勇太に、龍の声がひっくり返る。

「待望の映画化らしいで。おまえらがモデルの恋愛小説が出たらおまえなんぞイチコロや」

「恋愛小説でか？　恥ずかしくて死ぬのか？」

明信が？　と龍が恋人を見るのに、青ざめていた当の恋人は一瞬冷静になって、冷めたまなざしで龍をスッと見据えた。

「あほか！　おまえらのこと映画になったらさすがに明信の姉貴が気づくやろ。おまえと明信のことに。ほんならおまえは瞬殺やで‼」

俺はその間に真弓が庇ってくれるんやーと、まだ見ぬ志麻を舐めたことを言って、すっきりした勇太が封筒に入った代金を置いて店を出ていく。

冷めたまなざしから蒼白に戻った明信は、花を持つ力が尽きて床に置いた。

「俺に白菊を手向けるな！」

「白菊を手向けるなんてそんな縁起でもないこと‼」

なんてことを言うのと明信は悲鳴を上げたが、白菊が自然と龍に供えられた形を取っている。

仏にも見放されたと、明信が眼鏡を取って両手で顔を覆った。

「もうそこまできたら、隅田川か地の果てかどっちかを選ぶしかねえな……」

「志麻姉に選ぶ権利を与えてもらえると思うなんて龍ちゃんどうかしてる」

「明！　おまえも結構どうかしてんぞ‼　いくら志麻だって……っ」

百万回繰り返してきた会話だが、「いくら志麻だって」の続きは、「面倒くさいだろうからさすがに全身をミンチにする前には飽きるだろう」くらいの救いしか思いつかない。

「俺は自業自得だ。志麻の一番の自慢の弟に手をつけちまったんだから。潔くミンチになるさ」

隣の揚げ物屋の理奈は龍とも志麻とも昔馴染みで、その理奈から龍は「隣でミンチになられたら商売あがったりだからミンチは勘弁して」と、軽くミンチの宣告を受けていた。

「それを言うなら僕は、龍ちゃんが生きたまま目の前で実の姉にミンチにされるのを見るのが自業自得だってことになるよ。そんなの嫌だ……！」

「生きたままなのかよ！　……でもきっとそうだろうな」

楽に死なせてもらえるわけがないと、龍は手向けられた白菊をそっと手にした。

「よして、白菊なんて。逃げよう、龍ちゃん！」

その白菊を取り返して、いますぐ逃げなくてはと明信が必死な目で龍に縋る。

「何処へだよ。地球の裏側で行方不明になれる志麻から何処に逃げるんだよ」

「月とか。待ってそれは現実的じゃない。……そうだ、漁船に乗ろうよ。遠洋漁業」

月が現実的ではないという理性がギリギリあるのかないのか錯乱の明信は、さすがに遠洋漁業に出たら志麻も泳いでは来ないだろうと自分の名案に震えた。

「遠洋漁業か。友達が店出すのにまとまった金稼げるって、何度か乗ってたな」

龍は龍で、いつもなら真顔の明信を止めるところだったが、生きたままミンチにされた挙句程よくまだ生きているところで飽きられるのだというリアルな想像に、我を失う。

「じゃあ、そのお友達にご紹介いただいて。僕もすぐ荷物を纏めるから」

「おまえは無理だろ。そいつものすげえ体力で、帰ってくるたび筋骨隆々になってってたぞ」

「がんばる」

「本が読めなくなるだろうが」

命といえばそれが明信には命のはずだと、「船には一人で乗る」と龍は首を振った。

「本が……」

恋人がよく知っていてくれる通り、明信には本や学問が命に等しい。

「だけど、龍ちゃんも僕には……命と同じだから」

「……明」

濡れたまなざしで言われて龍は、思わず明信を抱きしめようとした。

だがスッと明信は冷めたまなざしになって立ち上がり、龍の体が明信の椅子に突っ込む。

「うわっ」

「駄目だよ龍ちゃん！　志麻姉ビザの更新で時々理奈ちゃんのところに帰って来てるのに‼」

そんなにミンチになりたいのかと、明信は龍の刹那的な行動を咎めた。

「本は一冊持っていく。何度も読むよ。それに船に乗ったら、大航海時代のことを考えられる」

「なんだそれ」

「僕が勉強してる、西洋史学の中にも大きく関わってくること。海はきっと違うけど、星の位置を見たり波の感覚を知ってその頃を追体験するよ」

それがきっと学んできたことと重なって楽しいと、明信が龍の足元にしゃがみこんでもう海の上に思いを馳(は)せている。

「星や波か。逃げるにしたっておまえを連れてく気なんかなかったけど、何年も二人で遠くの海にいるって考えるとなんか楽しそうだな」

実際遠洋漁業に出たらそんな呑気(のんき)なことを言っていられるはずはなかったが、二人にとって今その沖の船は天国とほぼ同義だった。

「俺も今からなんか本読むかな。おまえが読んでない本」

「どうして?」

「おまえの隣で、その本の話をするよ」

「それって……すごく」

楽しそう、幸せそう、夢みたい、と言い掛けて明信がすぐに何故そこに自分たちがいるのかを思い出す。

「すごく神の国だね。なんだかまばゆい光が見え始めた」

「おまえ普段神様なんか全然信じてねえだろが！」

もう少し夢を見させろと、龍は志麻に細かくされながらその神の国に行くのだと我に返った。

「だって、涅槃(ねはん)って感じがするよ！　もう少し現実的な逃避行があるはずだよ‼」

「……ドラマなんかだと、逃亡犯は田舎の温泉旅館で名前を変えて働いてたりしたな」

身元のはっきりしないものを住み込みで働かせてくれるといったら温泉旅館だと、昔ドラマで得た知識に龍が頼る。

「じゃあ、温泉旅館に行こう。二人で」

「二人でか」

いよいよミンチのときが迫ったと感じている明信が、一緒に逃げることを真剣に考えてくれているのに、不意に龍は穏やかな気持ちになった。

「どんな刑事も見つけ出してたぞ、温泉の逃亡犯」

所詮(しょせん)志麻の前では自分たちは、いや人類は無力だと、いつものあきらめに龍が辿(たど)り着く。

「あきらめないで龍ちゃん」

「二人でって、いい言葉だな。なんかもっと、別のことに使おうぜ」

「別のこと？」

「二人で、メシとか。温泉旅行とか」

温泉には逃亡ではなく旅行で行こうと、龍は笑った。

「そんな……最後の晩餐今際の際みたいなこと言わないで……」

「何度でも言うけどよ、明」

膝のところにしゃがんで半べそをかいている明信の眦を、そっと龍が拭う。

「俺は本望だよ。おまえみてえな恋人がいて、今年は一緒に年も越した。俺は気づきもしなかったのにおまえが……」

今年の年末年始明信がここに来たのは、家族でそうして人が集う日を過ごす度に、龍が今一人でどうしているかを思い続けて。

「俺が一人でいることを気にしてくれた」

その胸の痛みにとうとう耐えられなくなったからだ。

「そんな思い、できる人生だと思ってなかったよ。だから俺は、本当に本望だ」

「本当……？」

「本当だよ」

黒い瞳が揺れるのが愛おしくて、嘘など一つもついていないと龍が微笑む。

「龍ちゃん」

幸せで、穏やかで、二人で、だからこそ明信はこの現実が奪われるときを思わずにはいられなかった。

「理奈ちゃんちの業務用ミンサー見たことないの……？」

すごく細かくなるんだよと、明信の胸は余計に激しく痛んでいた。

「それは……すげえいてえんだろうな……機械か……鉈とどっちがマシなんだろうな。だけどあいつ、実家に帰る気なんかねえんじゃねえのか」

隣の揚げ物屋の厨房(ちゅうぼう)を幼い頃から覗(のぞ)いていた龍が、せめてもの希望を口にして志麻を思う。

「もしも志麻姉が秀さんの恋愛小説を読んだら、すぐに帰ってくるよ……」

「読むとはかぎら……ああでも映画になったら……」

実は、ＳＦ小説家阿蘇芳秀が恋愛小説を書く意欲をすっかりなくしてしまったことを、気の毒な恋人たちはまだしばらくの間知ることはないのであった。

どうぞご家族でおいでください

Ryuzucho
3-chome
obinatake no
Kurashi no
Techou

成人式も無事に終え鶯の声を聴く頃になっても、それが鶯だともわからぬ二十歳の阿蘇芳勇太は、竜頭町から大通りに出たところにあるいつもの大きなスーパーにいた。

大阪出身の身としてはいつまでもたこ焼きと認められないたこ焼きを食みながら、勇太は一人ボーっとしている。

「……俺たち成人したってえのによ。いつまでもスーパーのイートインのたこ焼き食いながら日曜日に長時間喋ってんの、ちょっと肩身が狭くねえ？」

夕暮れ時のスーパーの片隅にあるこの軽食コーナーは家族連れと高校生に溢れていて、齢二十歳で「俺たちおじさんなんじゃねーの」とやる気なく呟いたのは、竜頭町商店街魚屋魚藤の一人息子、佐藤達也だった。

「でも俺まだ学生だもん。ジャージだし！」

所属している大学軟式野球部マネージャーの帯刀真弓は一人まだ学生で、黒いジャージが免罪符だと裾を引っ張って見せる。春大会の練習が大詰めで、足元には巨大なスポーツバッグが置かれていた。

「せやな」

うわの空で頷いた勇太は朝から変わらずの黒いスウェットで、残り三個のたこ焼きをぼんやりと頬張る。

勇太と真弓は恋人同士だが同居の上同室なので二人きりの時間もそこそこ多く、隣町の社宅から帰ってくる達也とこうしてよくスーパーでたこ焼きを突つきながら話していた。

「……高校卒業して、一応進路がバラバラになって二年かー」

ふと、いつの間に二年経ったのだと達也が目を瞠る。

勇太と真弓と達也は、同じ竜頭高校の出身で、二年前の今頃清々しく高校を卒業している。

「え、なにそれ怖っ！　なんか、高校卒業してバラバラになったらさすがに、生まれる前から一緒だった達ちゃんともそんなに会えなくなるし。同じ部屋で寝起きしてる勇太とだって今までみたいには話す時間もなくなるってあのとき思ったのに‼」

ちょっとした怪談よりこの時間の流れる速さは怖いと、真弓は悲鳴を上げた。

「全然、喋ってんな。なんならほぼ毎週、ここでたこ焼き食って下手すると何時間も喋ってんな。よくこんな喋ることあるよな俺たち……暇なんだな結構」

達也は高三の時にはもう隣町の自動車修理工場で働き始めて、団地の中にある社宅で地獄のような一人暮らしを始めている。

「何喋ってたんだろうね。二年もここで」

こうしてここにいるその時その時はダラダラ過ごしていても、二年分となればそれなりの話をしていないと嘘だと真弓は真顔になった。

「うーん……まあ、たまにはこう、な。おまえんちの話とかおまえんちの話とかおまえんちの話とか。勇太の宇宙……違う、父ちゃんの話とか」

何故か地球で一番勇太の義父である存在がＳＦそのもののＳＦ作家阿蘇芳秀に懐かれている達也は、まるで望んでいないのにその義父の相談を勝手に受け付けさせられている。

「せやな」

ぼんやりとまた、勇太は相槌を打った。

「もー、なんなの勇太！　今日そのぼーってしてんのなんなんだよー！」

朝からずっとぼーっとしている勇太に、恋人である真弓は部活後ここで落ち合ってから三十分くらいは「どうしたの？」とやさしかったが、そのやさしさ成分は軟式野球部の野郎どもにキビキビ練習させたせいで、三十分で終了した。

「ほんならおまえの話をせえ、ウオタツ」

「うわっ！　なんだよ聞いてたのかよ勇太‼」

自分のぼやきなど耳に入っていないと思い込んでいた勇太に突然カッと見られて、たこ焼きを大切に守ったまま達也が椅子ごと後ずさる。

「聞いとったわ。おまえの話をせえ、ウオタツ」

「ねえよ」

伸びた金髪を一つに括っている二十歳なのにドヤンキーにしか見えない勇太に凄まれなくと

も、達也はいつでも正直者なのでサラッと即答した。

「ないの？　達ちゃん。最新の彼女の話とか、最新の振られ話とか」

「どっちもねえよ！　俺は……」

俺は、と己を主語にしたところで、本当に達也の話が終わる。

「平日は毎朝なんとか起きて、コンビニのメシを食い。結構慣れたぞ。仕事に行き車を修理して整備点検して、これも慣れてきたな。大分。誰かとメシ食って帰るか、コンビニで夕飯とビール買って帰るか」

洗濯は週末母ちゃんにと達也が二十歳の身の上をとつとつと語っているのを、明日は我が身と真弓は震えて聴いていた。

四月から真弓は大学三年生になり、就職活動も始まって社会人生活が見えてきたら、竜頭町三丁目の二十年暮らしている帯刀家を出て、勇太と二人暮らしをすると一応考えている。

「現実なんて知りたくない……」

一年目はまだ「達ちゃん悲惨ー」と完全に他人事だった幼なじみの生活だが、三年生になろうという今は真弓にも今そこにある危機だ。

「せやけどおまえは勤め人や。社会人や。しかも成人済みや」

「突然責任を三つも並べんなよ！」

なんなんだ一体と、達也がますます勇太から遠ざかる。

「俺は一つだと思うと気楽」

まだ大学生だしと若干拗ね気味に言った真弓に、勇太は据わったままの目を向けた。

「せやからおまえには訊かんとくわ」

「えー、差別されたー」

「なら、おまえも答えてくれや。社会に出た大人っちゅうもんがどうするかっちゅう俺の疑問に」

「えーパスー」

「パスなんかい！」

拗ねておいてパスかと歯を剝いた勇太に、真弓は「たこ焼きもう一個食べちゃお！」とさっさと席を立つ。

「逃げやがった。真弓」

卑怯な、と震えた達也に勇太は椅子ごと近づいた。

「たいした質問やない」

「おまえの切迫した形相が思いっきりその言葉を裏切ってんだよ！」

「ほんまにたいした質問やないんや。……その、仕事先の宮大工のあんちゃんがおってな。大先輩や。もう四十か」

悲鳴を上げた達也の形相にはつきあわず、深刻に勇太が話し始める。

「……大先輩だな」

「正確には宮大工やった。一番弟子やったんを親方と円満に大喧嘩して独立して」

「どういう日本語なんだよ」

「そういうもんなんやて、うちの親方がゆうとったわ」

勇太は山下仏具で仏具師の修業をしていて、山下の親方の最後の弟子と言われていた。

「どういうもんなんだ」

「その先輩、佐木山（さきやま）さんっちゅうんやけど。佐木山さんは宮大工やめて、普通の家建てる大工になってもうてん」

「へえ」

違いがよくわからない達也が、気の抜けた返事をうっかり返す。

「せやけど親方は宮大工にするために職人の技術注いで何十年も育てとるから。新しい夢かよかったなで済むわけないやろ。血ぃ見る大喧嘩は当たり前で、出られたから円満なんやってうちの親方がゆうとった」

「……なんかこええ。なんかじゃねえ。こええ」

「めっちゃ怒っとるけど、心では応援しとるそうや。退職金も出したらしい。佐木山さんはこう、宮大工で培った技術で耐久性の高い日本家屋作りたいて何年も修業と準備始めとったんやて」

まだ仏具師として少しも一人前ではない勇太には想像もつかない先の話だが、「佐木山さんはどうやらえらい」とは、親方たちの話からも接している佐木山自身からも感じていた。

「ほんで、もう独立しとってな。元の親方がそないしてええゆうてくれたからて、俺らのところにも挨拶(あいさつ)回りに来はったんや。工務店の開店挨拶やて、俺にも熨斗(のし)付いたもんくれて」

まだまだ半人前以下と言われるし自覚もある勇太は、そんな風に個別に熨斗の付いたものをきっちり貰った経験は初めてだった。

「来週の日曜日、その日本家屋の住宅展示祭りみたいなんするゆうねん。初日で祭りみたいなもんやから、来てくれてゆわれて」

「なるほど」

「家族世帯用の一軒家だから、ご家族で来てくれゆうねん」

「な……るほど」

独立した先輩が挨拶に来るところまでは達也の職場でもありそうな話だったが、「ご家族で」で勇太が難しい顔をしていることはなんとなくわかる。

「おまえやったらどないする。ウオタツ」

「え！　そんな難しい質問、社会人同学年の俺にすんなよ‼　あのな、うちの職場は基本は走り屋とかドヤンキーが多い。だから先輩になんか頼まれたらはい行きます以上！　だ‼」

それ以外の選択肢はないと、達也は断言した。

「ほんならこないなとき、父ちゃん母ちゃん連れてくんか。おまえは」

「それは……うちは商売してっからよ。お袋だけ……お袋と二人で出かけ……」

母親と二人きりで外出など、二十歳になりたての達也にはとりあえず文句を言いながら張り切る母親と家を出る前から喧嘩になる予感しかせず、想像だけで疲れて項垂れた。

「おまえんち日曜基本休みやんけ」

「そうすると親父とお袋と三人で……」

「先輩に頼まれとるんやで。家族連れで来てくれたら賑わうから頼むわゆうて。誰も来てくれへんかったらどないしょうて、今から心配やゆうて」

職場に挨拶に来た佐木山が告げて行ったことを、勇太が反芻する。

「俺は」

同じことを自動車修理工場の先輩に言われたら、達也は父親と母親を連れて日曜日に出かけるしかない。

「俺は」

しかし達也はそこで完全にフリーズした。

「手に余ることを訊くな、勇太」

固まり果てた達也が、答えることを放棄する。

「俺の場合……どっから何処までにゆうたらええんか。どうゆうたらええんか。てゆかほんまにそれせんとあかんのか」

全くわからないので、勇太は佐木山に熨斗付きの何かを貰ってからぼーっとしているのであった。

春大会の練習で疲れたし汗をかいたから先に帰ると清々しく帰って行った真弓と別れて、勇太は達也と竜頭町商店街を歩いていた。

「……まさかうちの親父とお袋に訊く気じゃねえだろうな」

何故ついてくると不審がって達也が、警戒心を発揮して勇太を振り返る。

「訊いたらあかんのかいな」

「勘弁してくれよ！　それな、うちでおまえが話すだろ？　俺は自分の親だからどうなるかがわかる。うちも来週行こうって話になるんだよ‼」

「なんでや」

「人が来ないの心配してんのか。それはひと肌脱がねえとなんねえな。日曜は休みだ丁度いい。そうだね久しぶりに親子で出かけるのもいいね。同じ墨田区の人間だろなんつってな！」

父親と母親の会話を、息子二十年歴の達也は物真似で予見した。

「他人の俺にも目に浮かぶわそれ。けどそれやったらおっちゃんとおばちゃんが行ってくれたら俺もメンツが立つやないか」

「家買うわけねえだろうち！　あの魚屋親父の目の黒いうちに建て替えるわけねーし‼」

「せやな……けどそれゆうたら、俺が誰連れてったかて家建てるわけやないし。おんなしやないか」

「おまえは賑やかしてくれって直接世話んなった人に頼まれたんだから、話は別だ」

その責任があると達也に改めて知らされて、「せやな……」と勇太は仕方なく達也と別れた。

「まあ、そうすると俺が行くとこは一つやな」

こういうとき頼りになるのは、腹立たしいが結局商工会でもよく働く地元青年団団長だろうと、商店街の木村(きむら)生花店に勇太は足を向けた。

もう日も暮れて店じまいを始めている花屋を、外から勇太は眺めた。

十以上年上の龍(りゅう)は、勇太がこの町に来た時には既に商工会の人間で青年団を取りまとめて、完全に大人の男だった。認めたくはないが、どうやら立派な社会人とかいうやつだ。

「どうも」

その立派な社会人なら必ずや自分に「それで決定」という回答をくれるに違いないと信じて、勇太は太々(ふとぶと)しく店内に足を踏み入れた。

「なんだ。こんな時間に」

もちろん客だとは思っていない花屋の店主が、萎れた葉を始末しながら肩を竦める。

「さて質問です」

「なんなんだよ！」

いきなりクイズなのかと龍が、若干ホラーめいている勇太の登場に後ずさった。

それだけ勇太にとっては、この件は全くどうしたらいいのかわからない暗雲なのだ。

「おまえ、同業者の先輩おるか？」

「あ、ああ……それは、いるさ。組合とか協会とかあるしな」

「……宗教か？」

「あほか！　農協とか漁協とかなんとか連盟とかみてえな、同じ職業についてたらあるんだよ‼　労働者組合みたいなのが」

宗教の教会ではないと龍が、早口に基本のきを勇太に説明する。

「……そうゆわれたらなんや」

山下仏具の職人になってそれで社会人としての支度が全て済んだ気がしていた勇太だったが、正社員になった時にあれやこれやと言われるままに入ったことを思い出した。

「俺も知らん間に入信させられたんかな？」

それは給料明細から天引きされているが、実のところ勇太は細々書いてあることについて何一つ把握していない。

「宗教から離れろ」

「せやけどうちの職場、神仏絡んどるからな。大変やで、お寺さんや神社の……」

ことは何一つ外で話すなと親方にがっつり言われている勇太は、そこまで言って大きく首を振った。

「なんなんだよその挙動不審は。いるよ、年上の大先輩。同じ市場で数の少ない花を何店舗かでまとめ買いして、自分らで分けたりするからな。そういうの取りまとめるには俺は二十年はええから、世話になってる市場の同業者はいる」

「その同業者の大先輩に」

混沌(こんとん)としている勇太の話を物わかりよく聞いた龍に、勇太が歩み寄る。

「なんかでかい店開いて開店祝いやるから、家族で来てくれてゆわれたらおまえやったらどうする？」

「なんで家族だ」

「賑わいたいらしいんや」

なるほどと肩を竦めて、龍は手近な椅子に座った。

「うーん。まあ、あり得ねえ話じゃねえなあ。花屋的にも。どっちかっつうとロビーに花生けてる取引先の周年会合なんかだけど。そういうときは仕事だっつって遠慮するかな、俺は」

「仕事やっちゅうて遠慮……」

それは自分の今回のケースに当てはまることなのかと、勇太が長考する。

「おまえ人の話聴いとるんか。先輩や！　同業者の大先輩がご家族で賑やかしてくれっちゅうとるんや‼　企業の会合とはわけがちゃうやろ！」

「……確かに」

勇太に切れられて龍も、それは話が違うと考え込んだ。

「まあ、そういう意味では悪かった頃の仲間とかだなあ。俺の場合。行けたら行くけど、家族っつったってよ」

見ろ、と人のいない店内を龍が掌で示す。

「お袋と姉貴は連れてけねえし」

悪かったことが原因で母親がこの家を出て行き姉の嫁ぎ先にいるのを忘れたのかと、龍は苦笑した。

「……せやった。すまん」

熨斗付きの誘いの重圧にいっぱいいっぱいいっぱいになっていた勇太が、うっかりした失言に心から謝る。

「まあ、おまえの場合は家に売るほど家族がいるんだから。誰か連れてけばいいじゃねえか」

「そういうもんなんか？」

「おまえのお悩みポイントがわからん。俺には」

何をそんなに困っているのだと、理解できずに龍は煙草に手を伸ばした。

「なんちゅうか、俺職人になったけど。毎日親方にゆわれたことコツコツやっとったら、それが仕事でそれが社会人なんやて思うとってん」

実際そうして勇太は、この二年真面目に働いてきた。

「せやけど、大先輩から独立したて挨拶されて。俺にまで親方とおんなし熨斗の付いたもん渡されて」

まず親方と同じ挨拶を渡されたことに、勇太は腰を抜かすほど驚いた。

「家族で来てくれゆわれたら」

己が勤め始めたのは知っていたつもりだったが、社会人としての在り方はまだ何一つ通っていないので、本当にどうしたらいいのかわからない。

「いかなあかんやろて思うて」

「おまえがそう思うなら、行くのが一番だろうが」

迷う必要があるかと、龍は笑った。

「せやけど」

「後はなんだー」

「誰になんてゆうたらええんや」

家でと、少し心細く勇太の声が弱る。

「何をためらうんだよ」

「こないなことゆうたことないし、俺。ガキの頃授業参観みたいなんは、秀が勝手にプリント見つけて勝手に来とったわ。俺頼んでへんもん」

自ら「家族みんなで来てほしい」という言い方がわからないと、勇太は足元を蹴(け)った。

「あほか」

笑って、龍が煙草の煙を噴き掛ける。

「とっとと家帰れ」

煙で追い払われて、答えの一つを貰ったとも知らずに勇太はふて腐れて往来に出た。

日曜の夜の夕飯には、思いがけず家族全員が揃(そろ)っていた。

さっさと帰った真弓はもう風呂を使って部屋着に着替え、家長で帯刀家長男の大河(たいが)も、次男で大学院生の明信(あきのぶ)も、三男でプロボクサーの丈(じょう)も部屋着だ。

勇太の義理の父親である秀は最早その下がなんなのかわからない白い割烹着を着て、飯台を片付け始めていた。

「くうん」

る。

縁側の老犬バースが「何か言いたいことがあるのでは」と、無口な勇太を気にしてくれてい

勇太を気にしてくれているのは実はバースだけではなく家族全員だったが、そんなに暗い様子ではなかったので「なんだどうした」程度に気にしていた。

「……なかなか、全員は、揃わへんもんな。今、ゆうとかんと」

しかし一体どう切り出したらいいのかと勇太が考え込んでいるうちに、全員の夕飯が終わろうとしている。

勇太は別に、今更この自分以外のよくよく考えたら全員他人の五人に、「家族」という言葉を発せられないわけではなかった。ここにいる者は家族だ。最近では軽めに適当に家族だくらいに思っている。

言い出せないのは単に、さっき龍に打ち明けた通りこんなことはただの一度も言ったことがないからで言い方がまるでわからない。

子どもだったら、秀が勝手にプリントを見つけ出して勝手に来てくれたのに。

「みなさん！」

丈が立ち上がろうとしたことをきっかけに、当てもなく勇太は大声を立てた。

「うわっびっくりした。なんだよいきなり」

台所にビールを取りに行こうとしていた丈が、驚いた弾みで畳に膝をつく。

「折り入ってお願いがございます‼」

「任侠(にんきょう)映画が始まっちゃう……」

三歩下がって正座した勇太の右手には幻のドスが見えて、恋人でありながらも真弓は激しくドン引いていた。

「どうしたの。勇太」

無口なのは何かいかがわしいことに気持ちを囚(とら)われているのかもしれないと、最近息子に対して若干雑になっていた秀が、別に膝も正さず尋ねる。

「実は！　親方の取引先の宮大工やった佐木山さんっちゅう大先輩が一年近く前に独立しはって‼」

「見合って見合って……」

勢いに負けて明信が、うっかり相撲の行司を連想して呟いた。

「いやこれお控えなすってだろ、明ちゃん」

行司じゃなくて仁義を切っているのだと、正解の方を丈が語る。

「へえ。でもそりゃそうだよな。職人さんは一国一城の主になるのが夢だろうから、そういう人もいるよなあ」

勤め人の自分には全くない発想だが、勇太の仕事関連ではあることだろうと大河が頷いた。

「……そうなん？」

大河に言われて初めて勇太は、この初めての先輩からの挨拶が最初で最後ではないかもしれないことを知る。

「おまえにだって、そういう日は……まあ、まだまだ早いか。こんな話は。そんでその佐木山さんがどうした」

自分にもあり得ると言い掛けた大河が話を戻してくれたので、勇太もそんな半世紀も先に思える、なんなら来世の話には捕まらなくて済んだ。

「あ、ほんで、そっから修業して家を建てる大工さんにならはってん。工務店始めて、なんや近代建築に則(のっと)った日本家屋を建てていきたいんやそうや」

先輩の独立ということはこれからもある話で、当たり前かどうかまではわからないが特別なことではないと知って、何故か少し勇太の声が落ちつく。

「いいね。新しい家って洋風建築が多いから。耐震や防水のしっかりした日本家屋って、あんまりないかも」

それはとてもいい起業だと、秀が感心した。

「そうだね。住宅展示場ってだいたいフローリングなんじゃないかな」

「え。オレ今更床で暮らせねえよ」

「俺もー」

生まれたときからこの家で畳にほとんど裸足で育ってきた明信と丈と真弓は、「その発想いい！」と見知らぬ佐木山を褒めた。

「……せやな。親方と大喧嘩したってゆうとったけど、その親方もなんや」

佐木山が宮大工をやめたのは一年前のことで、その後勇太は元の親方に何度か会っている。その都度佐木山の話題は出て親方は憎まれ口をきいていたが、「あの野郎考えやがる」と口元が笑っていたのを思い出した。

「いい話だな」

親方もきっと心から呑んでやっての独立なのだろうと、大河の声がやわらかい。

「せや、な。ほんで佐木山さん、住宅展示場作らはって。来週の日曜日からそこオープンするんやけど、その日はお祭りみたいにしたいから」

伸びた金髪を掻いて、右手の幻のドスをとりあえず勇太はそっと放した。

「人来うへんかったら寂しいから、ご家族で内覧来てくれへんかって頼まれてん。誰もまだ家建てたりしませんゆうたんやけど、人が来てくれるだけでええてゆわれて」

とっとと家に帰れと龍に言われたときは腹が立ったが、とっとと帰ってもっと早く話し出してみればよかったと、不意に勇太は思った。

「冷やかしでいいのか？　だったら見てみてえな、その家」

すぐに答えてくれたのは大河で、勇太が見ると大河はもうカレンダーの方を向いている。

「俺は空いてんな。来週の日曜日」

「僕も行っていいの？」

行きたそうに尋ねた秀のその問いかけのニュアンスに、白い割烹着成分のことだと勇太は察した。

「普通の恰好してきてや、大先輩や」

割烹着は脱いでくれと、勇太が口を尖らせる。

「え、俺たちも行っていいのそれ」

「僕もちょっと見てみたいかも。いい？　勇太くん」

「じゃあオレも行くー」

我も我もと、意外と適当な感じで日曜日の予定は決まった。

「くうん」

「バースはお留守番」

縁側で鳴いたバースに、真弓が笑う。

「……ちゃう」

動物の心に敏感な勇太は、苦笑してバースに歩み寄った。

「俺のこと心配してくれとってん。こいつ」

喉元をなでて勇太がバースに「サンキュ」と小さく告げる。

何を気負っていたのか自分でも全くわからなくなって、勇太はやっと肩の力を抜いた。

梅が綻んだ翌週の日曜日は、見事な晴天となった。

「よかったなあ、開店の日に晴れてよ」

午前十時から受付なのでその時間に行きたいと勇太が言ったのに皆がつきあって知らない街を歩きながら、丈が気持ちよさそうに伸びをする。

「ホントだねえ。幸先いいよね。ここ野球の練習試合でたまに来る。俺住宅展示場見るの初めてー」

埼玉に近い駅から更に少し歩いた工務店とは別の土地に、その住宅展示場は建てられていた。

ラフな服装だが六人全員が部屋着からちゃんと着替えてこうして外を歩くということも、なかなかない。

このご家族連れが実はそこそこ年齢の近い男ばかりだと気づかないまま、勇太は地図を見て目的地に着いた。

「……佐木山さん」

確かに日本家屋という外観の二階建ての家の前には、法被を着て風船を持った男が立っている。

「おお……なんだなんだ勇太！　一番客だな、来てくれたのか‼」

いかにも宮大工だったという風情の、四十代にしては昔気質(かたぎ)の印象の佐木山が、勇太に気づいて大きく手を振った。

「いえ、あ、俺開店祝いも」

とにかく「ご家族で来てください」に応えるのに必死で何も持たずに来たと、無意識に勇太がポケットに手をやる。

「あの、いつも勇太がお世話になっております」

そこに、秀が遠慮がちに佐木山に頭を下げた。

「いえこちらこそ！　お兄さんですか？」

見たまま兄にしか見えない年の差の秀に、朗らかに佐木山が尋ねる。

ここにきてやっと、勇太はこのご一行が傍(はた)からはご家族に見えないことに気づいた。

「あ」

何故そこに気づかなかったと、言葉を探して勇太が呆然と立ち尽くす。

「保護者です。家を建てられるような身分ではないのですが、とても素敵なお家を建てられたと勇太から聞きまして見させていただきに参りました。これ、つまらないものですが」

出た、「つまらないもの」と突っ込む余裕は勇太には全くなく、秀がいつの間にか持っていた紙の手提げ袋を佐木山に渡すのをただ見ていた。

「そんな！　来ていただけるだけで充分だったのに。お気遣いありがとうございます」

手提げの中身はなんなのかわからないが、「祝」の字が入った熨斗が勇太からも見える。

「はじめまして。自分も、勇太が成人するまでは保護者だった者です。出版社に勤めております。帯刀と申します」

家の中とは違う様子で挨拶をして、大河はごく自然に自己紹介をすると佐木山に名刺を手渡した。

「ご丁寧にありがとうございます！　いや、自分は今日がホントに初めてなもんでこうして立つのが。こういうことに慣れてなくてお恥ずかしいです。……名刺名刺！」

本当に一番客だったのか佐木山は慌てふためいて、名刺を探したせいで風船が一つ飛んでしまう。

「おっ！」

驚異の運動能力と長身で、丈が飛び上がって風船をキャッチした。

「すごいな！」

「どうも。ええと自分はこっちの兄貴の弟でやっぱり帯刀です。同居してるボクサーで、一軒家なんて夢のまた夢ですが将来の参考に見せてください！」

風船を返して丈が、甲斐性(かいしょう)はないですと苦笑いする。

「いやいやまだお若いから。将来是非、その際は佐木山工務店でお願いします」

深々と頭を下げる佐木山に、「図々しくお邪魔したのはこちらですから」と、大河が口を挟んだ。

「みんなで古い一軒家に住んでまして、いつかは建て替えも考えないとと思ってます。内覧、よろしくお願いします」

「家は一生もんですから。色々見て住みやすくて頑丈なのを、長い目で見て建ててください。どうぞ、参考に一つ！」

まだ次の客の姿は見えず、佐木山は中へと全員を促した。

独立は最低限の規模でスタートしたのか、今はまだ他の従業員の姿も見えない。

「ありがとうございます」

ごく当たり前に佐木山と話す、けれど家の中とは全く違う大河を、不思議な気持ちで勇太は見ていた。

「なんか、心強いな。男ばっかりのご家族。何軒も建ちそうだ、新築が」

頼もしいよと佐木山が、最後に家に入った勇太の背を叩く。

「いや、俺」

そんなことを考える余裕もなくただ頼まれるまま家族を連れてきたので、それ以上勇太は何も言葉が出なかった。

「すっごいきれいだー！　天井高い‼」

スリッパに履き替えて、真弓が歓声を上げる。

外観も中も日本家屋の形をきっちり踏襲しているが、階段はゆったりとカーブしていて、そのため玄関は二階まで吹き抜けになっていた。

「うちの階段、ものすごい傾斜ですよ。このくらいゆるやかだと、少しつまずいても怪我もしにくいですよね」

いいなと大河が、幅も広い階段を見て呟く。

「そうなんですよ！　自分は日本家屋が本当に好きなんですが、お年寄りほど暮らしにくくなっていくのを見て。高度成長期やバブルの頃に闇雲に作られた家は、将来のことを考えられてないと思い始めたんです。実は親が歳取って初めて考えました」

「なるほど。若いうちは思いつかないけど、長く住むとなったら段差は大事ですね」

「家を建てる世代が、そのことに気づいてくれるといいんですけどね」

「説明されたらわかります。自分も若輩ですが、この家を見たら考えましたよ。将来のこと」

既に弟たちはあちこち好きに見聞していたが、大河はゆっくり中を歩いて佐木山と話していた。

後ろで聴いている勇太は、帯刀家の階段が急だなどと一度も思ったことがないので何も口を挟めない。

いや、口を挟めないのは階段の段差に気づけていないせいではなかった。

大河と佐木山が話している将来のことも勇太はまだ思いもつかないし、どうしても今日ここに家族で来なければならないとそのことだけに必死で、来た後のことを何一つ想像していなかったのだ。

「すごく素敵なお勝手」

そこが一番気になると奥の台所を覗いた秀が、小さく声を立てる。

「お勝手って言ってもらえるの、嬉しいっス。うちのお袋やばあちゃんが台所のことお勝手って言うんで、嫁も娘もそう言うんですよ。娘が学校で通じないって言ってて。あ、いけね！　内覧で嫁なんて……妻です！　妻」

自分には馴染んでいるのに「お勝手」は消えていく言葉だと思っていたと、佐木山の言葉がすっかり砕けてしまった。

「広いし、高いですね。このくらいの高さがあると料理しやすいでしょうね」

シンクの前に立って、戸惑うように秀が手をつく。

「日本人の平均身長が伸びてますから、うちもこないだお袋の高さから嫁、いや妻の高さに直しました。腰痛めるんですよね、低いと。もし必要だったらリフォーム先ご紹介しますよ、水回り専門の」

それは別の信頼できる業者がいると、佐木山は説明した。

「高さが違うのか。そりゃそうだよな、うちのお袋が丁度よかったお勝手だもんな」

帯刀家のお勝手は思えば自分が生まれる前に設計されたものだと思い出して、自分は台所に立たないのでまるで気づかなかったことを初めて大河が知る。

「腰痛いのか」

毎日料理をしている秀には高さが合わないのは難儀だろうと、心配して大河は尋ねた。

「慣れたよ。それにたくさん野菜や魚を処理するときは、座ってテーブルでやってる」

言われるとその姿は、大河も勇太もよく見かける。

「だけど、結構立ってんだろ。お勝手だけでもリフォームするか？」

作家としてもだが、恋人としてごく当たり前に体を案じて、大河は秀に提案した。

問われて驚いたように少し目を見開いてから、困って秀が微笑む。

「……あそこで料理するようになって、夏で五年かな」

五年という時間を、秀はゆっくりと食み返していた。

「まだ、いい」

短く秀が、大河に答える。

そこには、もう五年だけれどまだ五年で、やっと慣れて深い愛着があるからという思いが込められているのが、聞いている大河にも勇太にも伝わった。

「家かー、いつか建てたりするのかなあ」

楽しくワクワクとあちこちを見ていた真弓がいつの間にか勇太の隣に立って、少し子どもっぽく尋ねる。

見ると佐木山は、来客がないかと外を気にしていた。

「……俺、自分の家建てるなんかそんなん」

生まれて一度も考えたことのない勇太は、住宅展示場の内覧の意味も今ようやく思い知ったところだ。

「だよね。俺も考えたことないよー」

軽く真弓が言うのに、それが普通に思えて、勇太はやっと小さく笑った。

本当は少し、いや、とても戸惑っていた。人は皆永住する家を建てることを考えながら生きるものなのかと、その想像が全く抜け落ちている自分に、勇太はこの新しい木材の匂いを嗅ぎながら惑っていた。

「ここ見て初めてちょっと思った。すっごい素敵だもんね」

「せやな……」

ずっと同じ家に住むということが自分には結局馴染まないから、独立した先輩の最初の日を訪ねる意味もわからなかったのかと暗い方向に落ちそうになった気持ちを、真弓が簡単に掬い上げてくれる。

「オレ嫁さん貰ったら平屋でいいから建ててーなー」

結婚して子どもが生まれたらと、丈があっけらかんということには、誰も疑問を感じない。

「僕はもし家を建てるなら、壁を下から天井まで全部本棚にしたいなあ」

家を夢の城のように語ったのは、意外なことに明信だった。

「それ龍兄に言ってみなよ明ちゃん。俺はその家に住まなくても反対！」

明信の夢の家には自分は同居していなくても、真弓がまっすぐ反対する。

「どうして？」

「どう考えても危ねえだろ、壁全部天井まで本棚っておまえ」

読書家はその夢の家は一度は脳内で建ててみるもので、大河は既に何度か想像の中で本に埋もれて絶命していた。

「何か対策するよ……」

しかし無策のまま明信が、夢の家に固執する。

「あ、すみませんちょっと中座します！　二階も自由にご覧になってください‼」

段々と昼が近くなってきて、次の来客が外に見えて佐木山は頭を下げて出て行った。

大仕事を終えたような気持ちになってほっとしてその姿を勇太が追っていると、やはり声を掛けた知人なのか佐木山が接客している。

「勇太」

これで一安心だと息を吐いた勇太を、ふと、大河が呼んだ。

さっき佐木山とごく真っ当に会話していたときと違って、いつもの家の中の顔になっている。

「……なんや」

「おまえ、ご家族でって言われて絶対家族で来なきゃなんねえって思ったんだろ？　今日」

問われて、他に何も考えなかった勇太が目を瞠った。

「いい人だな、佐木山さん。本当に喜んでくれたし、それは社交辞令なんかじゃねえけど」

とにかく今日は全力の佐木山を窓越しに見て、大河が笑う。

「だけど、無理はしなくていいんだぞ。勇太。学生時代にはなかった大人ばっかりのつきあいで、どれもこれもしっかりちゃんとしねえとって思うんだろうけど」

「……せやけど、頼むわゆわれたし。家族でって」

「見てみろ、佐木山さんを」

懸命に外観を説明している佐木山を、大河は目で示した。

「今日もしおまえが家族で来られなかったからって、あの人は怒ったりしねえし。そういうこともたくさんあるって知ってる社会人だ」

「やっぱし社交辞令てことか……？」

真に受けて来てしまったのかと、勇太の声が恥ずかしさで小さくなる。

「喜んでくれたの見たろ。でも来なくても大丈夫なんだ。言われたこと全部やんなくてもいいし、全部みんなと同じにやんなくていいんだよ」

「……そんなんゆわれても、俺。どれが大丈夫でどれがあかんのか全然わからへん」

親方にはとてもこんなこと訊けないと、とうとう心細さを晒して勇太は俯いてしまった。

二人の話がよくはわからない真弓は見ないふりをしてくれて、二階に駆け上がっていく。

秀は大河が勇太に話しているのを、遠くで聴いていた。

「だったら」

「おまえに訊いてええか、大河」

大河がそうしろという前に、顔を上げて勇太が尋ねる。

訊けよと言うつもりだった大河は、キョトンとしてから朗らかに笑った。

「何がええかだ。訊けよ、なんでも」

大きな手で大河はうっかり勇太の金髪をくしゃりとやりそうになって、さすがにそれはないかとひっこめる。

「……なんもわからへん。わからんことこれから一個一個、自分で考えなあかんのかと思とった」

家の中で大黒柱然としている大河は、勇太にとっては最初から大黒柱で、大人で、社会人だった。

生まれた時からそうしているように何処かで思い込んでいて、今自分が初めて直面しているようなことを大河に訊いてもどうにもならないと思い込んでいた。

「なんでおまえわかったん、おまえ。俺がこんなんなってんの」

今日をどうしたらいいのかまるでわからず、うろうろしてただ必死だった自分をと、勇太が大河に問う。

「全部俺が通ってきた道だ。真弓の父親代わりになって、父親がやること、家族がやること、当たり前のこと全部やんなきゃなんねえって必死になった」

「あ」

「まだまだ空回りしてたの、おまえも覚えてんだろ!」

声を漏らした勇太に、大河は戯(おど)けて笑った。

言われれば自分たちがまだ高校生の頃、大河は「家族の当たり前」に必死になって弟の明信を泣かせていた。

二人のやり取りを、いつの間にか皆が聴いていた。

当時大学生で、慣れない必死さで兄を叱った明信は、去年博士課程に進んだとき大河と揉めなかったことを、勝手だけれどほんの少し寂しく思っている。

「……だけど僕たちは、大河兄があんなにずっと全力でいてくれたから。みんな大人になれたって僕は思ってる」

兄に聴かせるためにではなく呟いて、明信は丈を二階に行こうと誘って上を指した。

「おまえを一番泣かせただろうが」

「それはあのときは泣いたけど。今思うとだけど」

丈と居間を出て行こうとして、明信が小さく呟く。

「全部、通らなかったら大人になれなかったような気がするんだ。大河兄には辛い思いさせちゃったけど」

なんとなくだけれど勇太の気持ちがわかって、明信は勇太を振り返った。

「勇太くんは、しなくていいんだよ」

「なんでや」

なんとなく、とだけ言って、明信と丈が二階に行ってしまう。

「勇太はしなくていい」

訳を問いたくて明信の背を見ている勇太に、黙って話を聴いていた秀がぽつりと言った。

何故と勇太が秀を見ると、まなざしが「もういいんだよ」と語っている。辛い思いはもういいと。

「それに」

佐木山が次の客を案内するのに自分たちも二階に行こうと、大河が目で上を指した。

「俺にいくら訊いたって、答えんの俺だからな。失敗もちゃんとするさ」

笑った大河と、連れ立った秀について、勇太も階段を上がる。

「……いや」

きっとこれから自分は、今日ほど心細い思いはもうしないだろうと勇太は思った。

失敗する答えをもし貰ったとしても、違うと思うことを言われたとしても、きっとこんなに心細い日は来ない。

大河に訊けばいい。

尋ねたらすぐ答えてくれる大人が自分の家族でいることを、今日は覚えた。

新しい家の階段は緩やかで、勇太にはそれはまだ、ただ間遠に思えた。

どうぞご家族で召し上がれ

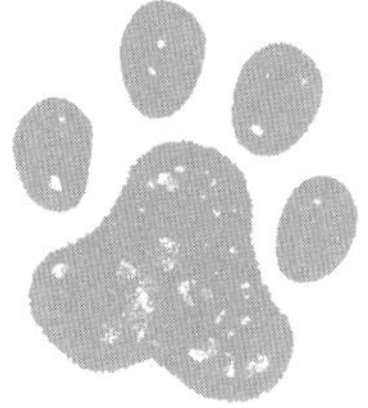

Ryuzucho
3-chome
obinatake no
Kurashi no
Techou

「お楽しみは、一体何？」

竜頭町三丁目、帯刀家の春匂う夜の居間で、さあこれから夕飯という時に白い割烹着のSF作家阿蘇芳秀は、隣にいる恋人で家長の帯刀大河に尋ねた。

「それはだな」

「え⁉　なになに？　お楽しみってなに⁉」

畏まって大河が箱を手にした瞬間、「お楽しみ」だなどという楽しい言葉を訊いた末弟の真弓がすかさず身を乗り出す。

「ガキやなー、おまえまだまだ……」

四月から大学三年生になる同い年の恋人の子どもっぽさに、秀の義理の息子で二年前から職人として働いている阿蘇芳勇太は大人ぶって呆れてみせた。

「オレも気になる！　だって夕飯時にお楽しみだぞ⁉」

三男で最も食い意地が張っているプロボクサーの丈が、勇太の隣から真弓に同意する。

「丈も本当にそういうところは」

いつまでも子どもみたいだねという言葉を危うく呑み込んだすぐ上の兄明信は、「でも僕も楽しみ」と長男のお告げを待った。

「くうん」

騒がしいのはいいことだと、家族全員が揃っている居間の縁側から老犬バースが声を上げる。

「まあ、こうして全員が揃うのを実は待ってたんだ。楽しみにしてくれ」

秀の元担当編集者で、現在はその秀も書いているＳＦ小説誌「アシモフ」の編集者としてとても忙しくしている大河は、そもそも全員がいる食卓に自分が最も間に合わない毎日だ。

「大河がみんな揃ってる日に開けたいものがあるからって、今日は一品減らしたんだよ」

冷蔵庫に包み紙に包まれた箱を預かって入れていた秀も、中身については聞いていない。

「なんやなんや。ハードル上げて」

「えー、勇太俺のことガキだって言ったくせにー！」

「なんなんだよアニキ！　その箱の中身‼」

結局勇太と真弓と丈は、相当な美味しいものを巡って精神年齢がむき出しになった。

「これはだな。俺が担当させていただいてる世界の旨いものを食べ尽くした、七十代のベテラン作家の汪禅寺卓先生が、以前随筆に書かれていた逸品で」

「汪禅寺卓さんの本、僕全部読んでる」

子どもたちを微笑ましく傍観していた明信も、ベテラン作家の名前を聴いて身を乗り出す。

「素晴らしい作家さんだ。その汪禅寺先生が『能登のあれこれ』に書かれていた、最高級の楚蟹を水揚げする浜坂の浜坂蟹があってな。その上この時期にしか漁が許されていない若蟹の随筆が本当に素晴らしくてお腹が空きましたと、以前お話しさせていただいたらだな」

自分の手柄なんだぞと大河も主張して、長い説明がみんなの気をますます持たせた。

「帯刀君、よかったらご家族で召し上がってくれと。その若蟹を剥いて限界まで身を詰め、茶碗蒸しにした素晴らしい品を先日」

「それ読んだことあるよ、僕。すごく美味しそうだった！」

当の随筆を読んだことのある明信も結局子ども組となり、皆でワクワクと箱を見入る。

「楽しみだね」

今日は冷めないようにカセットコンロの上に鍋を載せていた秀が、小さく笑った。

「では、開けさせていただきます」

おかしな敬語になって大河が、恭しく包み紙を剥ぎ取る。

充分過ぎるほど気を持たせて家長が箱の蓋を持ち上げると、皆は黙って大きく息を呑んだ。

「なんと……一個足りない……」

そんなのどうしたらいいのとすぐに声を上げたのは真弓で、その上どう考えても壮絶に美味しそうな楚蟹の茶碗蒸しはこの家では見たことがないほど小さい。

「あ……僕、実は蟹がそんなには。なので僕はいいよ」

「絶対明ちゃんそう言うと思った！　蟹好きだろ⁉　たまに蟹剥いてるとき無言だもん明ちゃん‼　それはダメだ！」

誰もが予想する通りすぐさま遠慮したのは明信で、子どもの頃から気づかぬうちに多くのものを譲られてきた丈が必死で阻止する。

「そうだよ明ちゃん！　その本読んだから食べたいでしょ⁉　先生どうして五個なの⁉」

「番町皿屋敷やな……」

作家の名前も忘れた真弓に、職人部屋で流行っている季節外れの怪談を勇太は思い出した。

「きっと、志麻さんがいらっしゃったときの家族構成を覚えてらっしゃったんじゃない？」

待たせた手前一番呆然としている大河に、なるほどの理由を秀が想像する。

「そうか……以前俺が『能登のあれこれ』についてお話ししたのはその頃だ……」

この家は、四年半前秀と勇太がやってきた海の日まで、現在絶賛失踪中の長女志麻と四人の弟の五人家族だったのだ。

「年寄りは気が長いんやな……。ジャンケンでええんちゃう？　平等に」

「そうだね。ジャンケンで」

「それもダメだ！」

ジャンケンを提案した勇太に明信は頷いたが、それも丈が即座に阻止する。

「なんで？」

理由がわからず尋ねたのは真弓だった。

「いや……オレ……大人んなって気づいたんだよ……」

訳を問われて丈が、暗く肩を落としてちらと明信を見る。

「何にや」

「ガキの頃からそうやってジャンケンでどっち取るみたいになったときに、明ちゃん絶対負けたってことに……オレ明ちゃんに負けたことねえもん。あれワザとなんだろ？」

初めてそのことを打ち明けた丈に、別方向に家族は押し黙った。

「えっ、こわ！　ナニソレ明ちゃんそれちょー怖い‼」

蒼白(そうはく)な顔色をして固まっている明信に、真弓がドン引いて後ずさる。

「せやな……ワザと負けられるてことは、勝とうと思えばいつでも勝てるっちゅうことなんちゃうん。どっちにしろめっちゃ怖いでそれ」

兄のやさしさから、明信が丈に譲ってジャンケンを負けてきたという丈の落ち込みは理解できても、絶対にジャンケンで同じ結果を出し続けた明信には勇太も震えた。

「明信おまえ……」

「違うよ！」

兄からも恐怖心を露(あら)わにした目で見られて、丈にそのことを見破られていたことを初めて知らされ固まっていた明信が悲鳴を上げる。

「能力とかじゃないから！　少し後出ししてただけだよ‼　だから勝つことはできません！」

「え……おまえ気づかれへんように後出ししとったんなら、勝つんもできるやろ。イカサマの理屈はおんなしや。まあ、ワザと勝つんはおまえはせえへんやろけど」

結局は朗らかな弟を卑怯に騙していたのは同じだとばっさり勇太に指摘されて、明信は昨今ないショックに項垂れた。

「僕はもう、喉を通りません……罰としてみんなで」

己が卑劣をして、更に卑劣を暴かれるということは、明信にとってはほとんど死を意味する。

「ご……ごめん明ちゃん……オレ、そんなつもりじゃ。明ちゃんにそのなんとか先生の蟹食って欲しかったんだよ！　オレ反省の証に食わねえ‼　なんで言っちまったんだオレ！　死ねオレ‼」

「ううん……死に値する罪を犯したのは僕だよ……違うんだ丈。ごめん。何が違うんだろう。本当にごめん。消えてなくなりたい」

「消えてなくならないでくれよ！　オレがっ、オレが……っ。オレのバカヤロー‼」

幼い頃からお互いがブラコンで、ほとんどやさしい姉とやんちゃな弟のように育ってきた明信と丈は、作家汪禅寺卓の贈り物をきっかけに長年封じられていた最大の秘密が突然露呈し、四半世紀越しの大愁嘆場を迎えた。

「汪禅寺先生の楚蟹で何故こんな修羅場に……」

いただきものによって今日は楽しい夕飯にするつもりだった大河が、想像の斜め成層圏の結果にただただ呆然とする。

「わかった。数字で決めよう」

名案がありますと、死体のような明信と丈の憔悴を見た秀が珍しく決定を全員に言い渡した。

「そうしよう！　なんの数字？」

「せやせや。なんの数字かわからんけどもうおまえが決めろ！」

「そうだ。決めてくれ秀、なんの数字だ！」

「くうん」

明信と丈が全く立ち直らないので、真弓と勇太と大河とバースが、なんでもいいからとにかく今すぐ決めてくれと身を乗り出す。

「血圧」

にっこりと笑って、秀は大河を見つめた。

「け……」

「低い順から、いただきましょう。見たところ美味しそうだけど全部蟹だから塩分は高そうです。塩分は血圧を上げるからね」

け、で止まった大河は、まさか自分が恋人の標的になるとは予測していなかった。

「わーい！　いっただっきまーす‼　丈兄も明ちゃんも早く食べなよ！」

「貰うで！　ほらおまえらもさっさと食えや！」

最早涙目になった実はもういい大人の兄弟明信と丈は、生き別れる幼子のように見つめ合った。

「そうだ明ちゃん。明ちゃんが食べてくれないとオレ……っ　オレ……蟹のせいで死ぬからな……っ‼」

「そうだね丈。ごめんね、ジャンケン……僕も生きるね……」

これから先二度とジャンケンをすることはないだろう兄弟が、それぞれに茶碗蒸しを手に取る。

真弓と勇太はとっとと美味しそうな楚蟹の小さな小さな茶碗蒸しを、既にほとんど食べ終えていた。

五個のうち最後の一個になったものを秀が無情に取って、みんなが食べ始めるのを見て透明なプラスチックの蓋を開ける。

「大河」

「……なんだよ」

「半分こしようね」

そっと秀が大河に告げるのに、もうほとんど蟹を食し終わっている家族の手が止まる。

耳まで赤くなった大河の望んだ楽しい食卓は、丈衝撃の告白、明信懺悔（ざんげ）の憔悴、その修羅場によって蟹の味がすっかり行方不明となった。

そもそもこの茶碗蒸しは二十代男子たちには小さ過ぎて、食べ終えたときには味などわからないと汪禅寺卓先生はお気づきになっていない。

まだ若い楚蟹が浮かばれない、春三月の夜であった。

久賀総司の竜頭町探訪記

Ryuzucho
3-chome
obinatake no
Kurashi no
Techou

もうそんなに新しくもないＳＦ作家阿蘇芳秀の新担当久賀総司は、珍しく日曜日の昼間の竜頭町を歩いていた。

普段は平日の終業後、「直帰」と編集部に書き残して夜に歩く道だ。

「映画化は簡単じゃないな。担当作でも実はそんなに経験がない、俺も」

独り言ちる久賀は、とても面倒くさいＳＦ作家の担当になって一年半が経ち、割と今どきの男前だった容貌がすっかり鋭角になってある意味男振りはかなり上がっていた。

「またもや割烹着ダークマターのチェックが蜂蜜よりも砂糖よりもチョコレートよりも甘いおかげで、少しもダブルチェックにならない……日曜日の昼間に原作者の言質を取るぞ！　俺は」

鋭角になった理由は、心で「白い割烹着に包まれた宇宙の暗黒物質割烹着ダークマター」と呼んでいる大人気作家阿蘇芳秀に手が掛かって手が掛かって手が掛かって大変過ぎるせいで、己の男振りが上がったことに気づく暇など久賀には全くない。

性格がそもそも尖っているので、久賀は元々は女にモテる方向性が軽めだった。軽めな感じでモテていたので軽く女性とつきあうこともままあったのに、最近は呑みにさえお声が掛からず知り合うことさえできていない。そのことに気づく暇も、またない。

「なんか……最近の俺は潤ってないが。何がなのか」

主に恋愛方面がカサカサに乾いている久賀は、鋭さだけが増していくせいで近頃はコアな層から実はちょっとモテていたが、もちろんそんなことに気づいている余裕も更にゼロながらも季節だけが春という気の毒さだった。

「あ」

自分以外の世界だけに訪れている春、ぼちぼち桜も咲こうという花盛りに「花なんか関係ない」という強い意志で竜頭町商店街をツカツカ歩いていた久賀は、普段歩かない真昼の花屋の中に見知った顔を見た。

「あれは……確か、帯刀(おびなた)の下の弟だったたか。いつも」

眼鏡を掛けている帯刀家の次男はこの木村(きむら)生花店のエプロンを付けて、花の手入れをしている。

「いつも、敵なのか味方なのかさっぱりわからない、時々急所を待ったなしで抉(えぐ)ってくる西洋史学の徒。象牙(ぞうげ)の塔の鉄壁の兵士」

それが久賀の、帯刀家次男明信(あきのぶ)の認識だった。

明信は誰が見てもやさしそうな風貌をしていて、言葉も丁寧でやわらかく一人称も「僕」の、笑顔が絶えない青年だ。

だが久賀はダークマターを担当しているせいで、時折凡庸(ぼんよう)な日本家屋の帯刀家で学術的な話に入らざるを得ないことがある。そんなとき学問の徒はよく手入れのされた槍（やり）で笑顔のまま「そんなことあるんですね一度も聞いたことないです」などとまっすぐに突き刺してくるので、久賀は同僚の帯刀大河（たいが）にさりげなく弟の身の上を尋ねていた。都内超難関国立大学大学院の博士課程に在籍中だと判明して以来、「なるほど凄腕（すごうで）の残虐兵士」と納得して絶賛警戒している。

「過半数、敵だ。備えて構えなくては」

久賀にとっては恐怖刺激対象でしかない次男は、今日は花に囲まれてただやさしげで、髪を一つに括（くく）った上背のある男前と和やかにしていた。

「あの男は何度か会ったな、帯刀の家で。俺はああいうタイプは敵には回さない」

何故なら負け戦という無駄はしない。理由は明文化されないが絶対に勝てないであろう男を見ていると、不意に、男の指が次男の眼鏡を当たり前に掛け直させた。

強面（こわもて）だが整った容姿をしている男にあんな風に触られたら、久賀のよく知っている生え抜きの兵士は手元の剪定鋏（せんていばさみ）で突き刺すイメージしかない。

「よもや目の前で殺人か」

そのくらい、久賀は怯（おび）えて次男を見た。

だがいつも自分を朗らかに槍でザクザク突き刺してくる次男が、なんだか知らないがはにかんでいる。

はにかんで微笑んで俯（うつむ）いて、男は余裕のある幸福を見せて笑っていた。

「……なんなんだ……あの空気」

全く意味はわからないが、やはりあの男には敵わないらしいとは思い知る。

あんな不用意な触り方をしても、次男に鋏でめった刺しにされていない。

きっと強い男だからなのだろうと顔を顰めて、久賀はダークマターの住処に足を速めた。

「くうん」

ダークマターの家にいるのに縁側で呑気な声を上げた老犬にうっかり和まされそうになりながら、久賀は帯刀家の居間で映画の宣伝文書を丁寧に広げた。

「日曜日の昼間なのにお仕事をさせてしまって、すみません」

最近、以前は久賀の体など体だと思っていたかも怪しい担当作家阿蘇芳秀は、もはや新品ではないからなのかなんなのかごく真っ当な気遣いを見せる。

「いいえ、仕事ですから。ただ、今日こそ覚えてください。原作者の言質という言葉を」

担当作家に著しい変化があったことは把握しているが全容が見えないので、久賀は油断してやる気などさらさらなかった。

「原作者のげんち……」

「平仮名にしない！」

まっすぐ平仮名で聴こえて、思わず久賀が声を荒らげる。

「本当にすみません……」

「いえ、申し訳ありません大きな声を立てて」

日曜日なので若干荒ぶってしまったと担当編集者にあるまじき態度を反省して、久賀は首を振った。

「ああ、誰かと思ったら久賀か」

そこに、昼間だというのに今起きましたという風情の同僚、帯刀大河がそのまま寝ていたのだろう適当なスウェットで居間の戸を開ける。

「日曜なのに大変だな。……お勝手にいるよ、俺は」

久賀に気遣いを見せた同僚は、元担当作家であり、いつからなのか知りたくもないが恋人の秀に言って台所に向かった。

「朝ごはん……」

「仕事を先に済ませろ。日曜なのに、久賀の身にもなれよ」

もう元担当という立場ではないと先日久賀に言った同僚は、それ故にか以前より作家阿蘇芳秀に対して余裕と寛容さを見せるようになった。

「自分はこの言質をいただいたらすぐにお暇します」

いつでも久賀は、同期で同僚の帯刀大河が気に入らない。それは元々お互い様のことで、同じ仕事をしていても価値観と向き合い方が真逆なので真っ向対立するのは当たり前の存在なのだ。

「げんち」

その上このぼうっとして見える宇宙の暗黒物質は実は大人気ＳＦ作家で、大河が新人から育て、久賀が更に成長させて大きく売って、その上大河と暗黒物質は恋人同士なので久賀の感情は複雑を極めている。

「言質とは、言葉の人質です」

また平仮名だが荒ぶってはならないと、努めて冷静に久賀は告げた。

「言葉なのに人質というのは、文章としての矛盾が気になりますが」

平仮名のくせにまともな突っ込みを入れてくる担当作家は、学生時代国語学を専攻していた関係で時折こうしたことにとてつもなくうるさい。

「つまらない揚げ足取りは時間の無駄だと言ったのは誰だったか……老子か孟子か孫子か蝦夷(えみし)か」

台所で自力で茶を飲もうとしていた同僚が、なけなしの塩を送ってきた。

「そこに蝦夷を混ぜるのは危険だよ」

「ゴロ遊びだ」

「言葉遊びは、自分が帰宅してからなさってください」

厳しく久賀が声を挟むと、諫めたつもりだったのだろう同僚が「すまん」と小さく肩を竦める。

「ちゃんと読まれてから、了承の場合は了承しましたとおっしゃってください」

今度こそ言質の意味を、久賀は担当作家に教えた。

「了承しました」

「全く読んでませんよね⁉」

即答が返って、「聞いてんのか人の話を！」と危うくのどちんこまで出掛かる。

「……そうですが。先日申し上げたはずです。僕は担当編集者として久賀さんを信頼していますし、この映画監督には文字を完全にお渡ししました」

「大変ありがたいお言葉ですが、全く信用できません。あなたは一度シナリオを直したいと言い出した」

そのぼんやりした白い顔と黒い瞳に騙されて同じ轍は踏まないと、強く久賀は再読を求めた。

「……はい……」

一応反省はあるのか、担当作家が文字を読み始める。

少し時間が掛かりそうだとふと久賀が目を逸らすと、台所の椅子に座ったただらしない日曜日の同僚が、元担当作家を見つめていた。

いや、そのまなざしは、ただ恋人を見つめるまなざしだ。

どうやらこの暗黒物質は、なんだか知らないが最近少しだけ人間としてちゃんと歩き始めた。人に迷惑を掛けたり誰かを頼ったりするまいとして、逆に大きく転んでは久賀は更なる大迷惑をしているが、自立歩行するつもりらしい。

久賀としては本当に迷惑なので、歩行器をつけたい日も多かった。

だが、そうして覚束(おぼつか)なくも一人で歩こうとする恋人を、心配そうに愛(いと)し気に、スウェットのむさくるしい男が台所から見ている。

「……三十前だろうが。二人とも」

つまらない愚痴(ぐち)を呟(つぶや)きたくなるくらいには、同僚のまなざしは愛情に溢(あふ)れ過ぎていた。

「くうん」

「慰めは結構！」

縁側の老犬に憐(あわ)れまれて、思わず歯を剝く。

「どうした久賀。おとなしい犬だぞ、バースは」

「よく知ってる。その上やさしいようだ」

困ったように自分を見ている老犬に、久賀は「ごめんな」と謝った。

遅い朝食を挟んでしっとりするのだろう恋人たちの家からとっとと出て、疲れて久賀は隅田川沿いを歩いていた。

帰宅してもやることは、明日のこの書類提出の準備と読書だ。

「春めいてきたし、川辺で本でも読むかな」

誰がどう見てもすかして見えるいけ好かない今どきの男振りだとは自分でも知っていたが、最近の久賀はその外見に相応しいプライベートを本当に一切持っていない。

むしろ社内では全く持っていないイメージしかない同僚は、恋人と同居して昭和の夫婦かと突っ込みたくなるくらいよき日常を持っているようだった。

「あのなまあたたかい空気……加湿器でもつけてんのか」

平日の仕事終わりに帯刀家を訪ねることの多い久賀は、まだ仕事中の大河の不在も多く、担当作家の息子に揶揄われたり、同僚の弟に串刺しにされたりと苦難が多いが、あの甘ったるい大河と秀の愛情を浴びることは稀だ。

「別に何も口惜しくはない」

誰も聞いていないのに思わず口をついた負け惜しみが、虚しく己の耳に返る。

「だが俺ならダークマターとつきあうのなら、まず あの白い割烹着を脱がせて宇宙に葬り去る……話はそこからだ」

久賀にとっては、担当作家の白い割烹着は鋼鉄の鎧と変わらなかった。とにかく脱げといつも思っているが、あの白い割烹着は頑なに担当作家を守っている。

まるでそれは、腹立たしい同僚そのものに見えた。

「何がそこからなんだ。俺はあんなめんどくさい生物を公私に亘って面倒を見たりは絶対にしない！」

決して！　とまた口から出ていることにも気づかずに、当てもなく川沿いを歩くなど自分らしくない日曜日だとため息が出る。

何処かに座って本を読もうと場所を探していると、川べりのベンチのイチャイチャしている恋人たちが目に入ってきた。

「いや……あれは、また、帯刀と阿蘇芳先生の」

若干中性的な末の弟と、金髪は担当作家の義理の息子だと凝視する。

家の中でもずっと一緒だろうに二人は楽しそうに笑いながら何を話しているのか、時々肩をぶつけ合ったりしながらはしゃいでいた。

「何故外で会う。何がそんなに楽しい。どうしてカップルに見える」

よくよく見ると先日成人式を迎えたと聞いている若い二人はまごうかたなき青年だが、どうしてなのか何度見ても睦み合っているように久賀には見えてしまう。

「わかった。疲れてるんだな……俺」

だって白い割烹着を着た宇宙の暗黒物質の担当をしているのだから、地球を守っているのと同じくらい疲れて当たり前なのだと、結論は出た。

「なんだか知らんが、恋がしたい」

一体どれだけ恋をしていないのか。とりあえず暗黒物質を担当してからは日常で他人を愛するような感情の余地は全くなかったと、ぼんやりと銀色の川面を見つめる。

「わかるぜ」

「うわっ！」

独り言に相槌を打たれて驚いて振り返ると、そこには同僚のもう何番目なのかもよくわからない巨大な弟が立っていた。

「わかるよー、俺も恋がしてえ。いい恋が」

「わわっ！」

反対側からもう一つ相槌が聞こえてそちらを見ると、何故か時々帯刀家にいるが魚屋の一人息子だとまで久賀も知ってしまっている青年が立っている。

「恋、してねえんだ。久賀さん。男前が無駄だなあ、気の毒に」

「しょうがねえだろ、丈兄。この人大河兄に代わって宇宙から降ってきた先生の面倒見てんだろ？　恋してる暇なんかねえって」

この二人、帯刀丈と佐藤達也と久賀は、「やってられない。同僚と担当作家がイチャイチャしていて」という空気にあの居間が包まれたときに、一杯だけとうっかりその辺の呑み屋で呑んでしまっていた。

「そんな深い理解、されたく……なくもないかもしれない今日の俺は。お二人はどうしてここに」

「だって独り者だから」

「だから一人で歩いていました」

独り者が三人ばったり出会っただけだと、丈と達也はそこに理由などないのだと言う。

「呑みに行くか！　新しくもねえ新担当の久賀さん‼　今日は日曜だから朝から呑める店いっぱいあるよ！」

「バーッと、浅草(あさくさ)か上野(うえの)辺りに行くかー」

テンションを上げた丈と、下げたまま「パーッと」と達也が言った先は久賀には全くパッとしない土地だが、何故だかとてつもなく今日はそこで呑みたい気分になっていた。

「……是非。今日は一杯と言わず、とことんおつきあいさせてください」

呑みたい。無性に呑みたい。独り者だと言い放つこの二人ととことん呑みたい。

「おー、いいねいいね。朝まで呑むか！」

「ネクタイとんなよー、日曜だよ？」

言われるまま久賀はネクタイをとって、丈と達也と連れだって歩き出した。

一年半前まで誰から見てもいけ好かない男前で、何処をどうひっくり返しても不動産広告に出て来そうなアーバンライフをしっかり送っていた久賀総司は、知らぬ間に自分が「チームモテない男」にすっかり馴染(なじ)んでいる危険に、悲しいかな気づく力も残っていないのであった。

近場の浅草には朝からでも呑める危険な安居酒屋が何軒もあって、午後の早い時間から「チームモテない男」三人は安酒でいい感じを通り越すほど呑んだくれた。

「なんで彼女いないのー、総司は」

そしてぐるっと回って竜頭町にまた戻り、夜近くになって日曜日なのに気まぐれに開いていた赤提灯(あかちょうちん)のカウンターで、丈は生ビールを呷(あお)った。

「なんで何遍も訊くんですか。それ」

何故人はこういうときネクタイを頭に巻きたい衝動に駆られるのかとそれに耐えながら、久賀も生ビールをグイっと呑む。

「モテそうだからだよー。そんなあんたがモテないなんて、そりゃ俺もモテねえわけだよなあ。宇宙の真理だ」

久賀が宇宙の暗黒物質と呼んでいる担当作家を宇宙人だと認識している達也は、その宇宙人に懐かれてから一生分の「宇宙」を発語していた。

「モテそうですけどね……お二人とも」

「慰めはいらねえよ」

「俺も……だってモテないんだもの」

いかにもモテそうな男からのお情けはいらないと、丈と達也が手を掲げて生ビールを追加する。

「気づいてないだけなんじゃないですか？　体格のいい性格も明るそうなプロボクサー。頼られそうですよ。達也さんは気遣いがありますね。何しろ自分の担当作家が地球で一番懐いているとは聞いています」

「やめてくれる⁉　地球で一番とか！」

「そうだよー、地球で一番じゃなくて、地球で唯一だ。それにオレたちは全然モテねーぜ」

悲鳴を上げた達也に追い打ちをかけて、丈は新しい生ビールを呑んでぼやいた。

「……そもそも、人間にはモテる必要などあるのでしょうか」

最早半日「チームモテない男」で、「モテない」「そちらはモテるのでは」「いいやモテてない」という虚しいトークを繰り広げた久賀は、それが意外と楽しいという危険にも全く気づいていない。

「え？　必要？　必要ねえ……必要じゃあねえけどさ。モテてえだろー、男は」

「そうだよ。モテてえもんだよ、なあ丈兄」

「じゃあ、モテるってどういうことですか？」

人生に於いて実は久賀はモテなかったことがほとんどなかったのだが、この一年半通常営業のモテるという空気が勝手に旅立ってしまい、当たり前にそこにあったモテるの意味さえ行方不明になっていた。

「そりゃあ……まあ、若いうちは誰彼構わずきゃあきゃあ言われて。たくさんの女の子にモテたい！」

酔っているせいではなく、欲望を率直に丈が掲げる。

「そうそう。そんで本気で結婚を考える頃になったら、たった一人の美人で気立てのいい女の子に真剣に愛されたい。それがモテるだろ」

男のモテたいの進化論を、真顔で達也は語った。

「言われたらその通りですね……」

何が言われたらその通りなのかと心の中で突っ込む者さえ消え去り、一年半モテていない久賀からは判断力も理性も消え去っていた。

「だけど、自分は今楽しいです。ここでこうして、呑んでいることが」

くだを巻くなどということは無駄であると久賀は自分の人生から排除してきたが、男三人で愚痴を言い合いながらダラダラ呑み続ける日曜の午後は意外にも驚くほど快適だ。

危ない。

そう久賀に言ってやれる者が、残念ながら今ここには一人もいない。

「まあ、オレも楽しいけどな。別に独りもんでもなんも問題ねえよ」

独り者歴が長い丈は、問題と向き合う機会があまりなかった。

「気楽だしなー。あたしのことなんか少しも考えてくれてないとか、あたしのことなんか全然好きじゃないんでしょとか、あたしのことなんか忘れてたんでしょとか、言われながら時々殴られたりするよりは全然気楽だ……」

たまに問題と向き合う達也の問題は、聞かされた丈と久賀には意外で目を丸くする。

「そんなこと日々言われてたらたまったもんじゃないですね」

「そうなんっスよ。考えてるし好きだし忘れて……忘れるときはあるけどね」

「言われてー、そんなこと言われてー。殴られてー」

酔いが会話をしっちゃかめっちゃかにして、しまいには意味なく三人で笑い出した。

「まあ、気楽だな。男三人、また呑もうぜ！　総司‼」

午後三時には勝手に下の名前で呼び出した丈が、久賀の肩を大きく叩く。

「そうですね。楽しいですよ。自分はこの生活が気に入っています」

「そうだそうだー」

酔いに任せて真顔で言った久賀に達也が適当な相槌を打ったところで、赤提灯の戸口がガラりと開いた。

「あ……こんばんは、久賀さん」

どうしましたかと目を瞠ったのは、西洋史学の徒槍の名手明信だ。

「こんばんは……どうも、あの」

「どうした。珍しいメンツで、日曜にそんなに呑んでよ」

俺たちはたまの外食だと笑ったのは、久賀には絶対に勝てない龍だった。

二人は久賀に会釈して、適当なテーブル席についた。

「なんでも頼め、明」

「あんまり来たことないから、緊張しちゃうよ」

「バカ、おまえが生まれる前からここにある店だぞ。いつもマメに俺のメシ作ってくれてんだから、好きなもん頼めよ」

「それ、僕の一番苦手なことなのに」

微笑ましくイチャイチャしながら品書きを見ている龍と明信に、チームモテない男たちのテンションは半分まで下がり無言になる。

「気楽にあたりめでも頼もうぜ、総司」

「そうですね……自分はホッピー黒いきます」

「お、ホッピーって体にいい味するよな。俺もホッピー白」

別に俺たち楽しくやってるもんと、三人は酒とつまみを追加した。

「どうもー」

「こんばんはー」

さあテンションを上げていくぞとチームモテない男たちが新しい酒を持ったところに、今度は勇太と真弓が入ってきた。

「あれ？　達ちゃん。丈兄。久賀さんまで、どしたの？」

「うちのおとんのお守りをしてくださっとる久賀さんが、すっかりこの町に馴染んで……大丈夫なんかあんた」

目を丸くした真弓と勇太に、久賀は「別に大丈夫です」と小さく言ったが何が大丈夫なのか不明になる。

「なんだなんだ真弓ちゃん、珍しいな。もう酒呑んでもいいのか？」

生まれる前から真弓を知っている大将が、幼子を見るように真弓に笑いかけた。

「こないだ成人式だったもん！　一回来てみたかったんだー、大人のお店。勇太におねだりしちゃった」

「なんや家覗いたら、大河と秀で仲ようしとったからな。こっちはこっちや」

邪魔せんといたったわと言って、勇太がいつもより大人ぶって真弓をエスコートする。

河原で久賀が見かけたときと同じく、二人はイチャイチャしながら品書きを見始めた。

「……何故、自分がここのところ全くモテていないのかに唐突に気づきました……」

三人で呑むのは楽しいが、それを強がりだと言わんばかりの店内の空気に久賀のホッピーを持つ手がわなわなと震える。

「なんでだ、総司」

「理由があるならそれなんとかすれば、あんたならまたモテるよ」

俺たちのことは構わず捨てて行けと、なまあたたかくなる店内に丈と達也は久賀の背を押した。

「理由については、どうすることもできません」

その理由に久賀が気づかされたのは、他でもない「理由」の息子の一言だった。

「なんでだ」

「どうしてよ」

「自分が全くモテなくなったのは、きっちり一年半ほど前。ある白い割烹着を着た先生の担当となり」

白い割烹着の一言で、丈と達也からは、「あ」、「う」と何とも言えない短い声が上がる。

「その先生が自分の一年半の全てとなり、モテるとかモテないとかいう以前に他のことを考えている暇など一秒たりともありませんでした」

顔つきもすっかり変わった久賀は、今さっきその白い割烹着の一人息子に「うちのおとんのお守りをしてくださっとる久賀さん」というほぼ正式名称で挨拶を受けたところだ。

「それ、いつまで続くんだ総司……」

「だけど宇宙に返すわけにもいかねえもんな……」

白い割烹着の中身をよく知っている丈と達也には、同情しかない。

「そうすると、銀河系が終わるその日まで自分はモテることはあり得ませんね」

絶望すると久賀は、ホッピーを右手に左手で頭を抱えた。

「こんなことは編集者になって初めてです。だっていつでも通常、複数人の担当作家を自分は抱えています。それぞれをなだめすかし褒め支え、全員に目を配る俺は歌舞伎町ナンバーワンホストなのかとさえ思っていました。それが！　この一年頭の中にはいつも白い割烹着です‼」

河原でさらっと達也も、「この人大河兄に代わって宇宙から降ってきた先生の面倒見てんだろ？　恋してる暇なんかねえって」と言った通り、それは万人が知る自明の理とも言える。

「だったら総司。その四六時中頭の中にいるってのはもう、恋だろ。恋」

「ああ、まあそうだよな。頭から離れねえってことは恋だろ」

てことじゃねえのかと言った丈は、酔っていた。

丈に頷いた達也ももちろんとっくに酔っている。

「そしたらつきあえばいいんじゃねえの？　ずっと考えてずっと面倒見てんだから、それつきあわなかったら損じゃねえ？」

「そのとーり」

つきあえ！　と丈と達也は、その白い割烹着が誰かの何かだとすっかり忘れて無責任に交際を勧めた。

「言われてみれば確かに……こんなに始終考えていてこんなに面倒を見ていて、自分の恋人ではないなんて理不尽な話な気がしてきました」

気がしてきてしまった久賀も、当たり前だが酩酊している。

酩酊しながらも久賀は、理性と野性の両方を総動員して、「本当にそうなのか？」と更に長考に入った。

今日見た憎き同僚は、担当を降りたことでむしろ恋人との関係に余裕を持って見えた。

自分だけが秀の面倒の方を全力で見て、私生活では大河がいい思いをしているのは理不尽極まりないと一瞬、本気で思う。

「何言ってるんですか!?　この上あの白い割烹着をプライベートでも全力で面倒を見ることになったらそれは死を意味します!!」

正気に返るのには、秒も掛からなかった。

「……いいんです、何故なら自分は割烹着を着た暗黒物質から地球を守っているんですから。尊い使命です」

「地球防衛隊だな、総司」

「大将、地球防衛隊にホッピー中追加」

暗く呟いた久賀の背を丈は無言で摩(さす)り、達也は涙ぐんで酒を追加した。

チームモテない男たちは、半日呑んだくれているので限界値を超えてチーム一丸となって泥酔している。

だが銀河系が終わるその日まで久賀が宇宙の暗黒物質以外のことを考えられるかどうかは、しらふでも定かではない。

どんなに二日酔いの朝が訪れても、とりあえず久賀総司は明日も地球を守り続けるのであった。

渦中のごあいさつ

渦中のごあいさつです。菅野彰です。

なんの渦中なんだろう?

楽しい本になりました。自分でもすっかり忘れてしまっていた短編もあって、まっさらな気持ちで楽しく読みました。

楽しんでいただけましたでしょうか。

途中途中のコラムでいろいろ書かせていただけたので、割と心残りのない状態で後書きを迎えていることに今気づいたのであった。

この番外編集は、『SF作家は担当編集者の夢を見るか? 毎日晴天!17』辺りまでの時間で書いていたようです。

十七巻は私にとって、特別な本になりました。

『僕らがもう大人だとしても　毎日晴天!7』の時に、

「ここで最終巻でもいいんじゃないかな」

と、いったん思ったことは、時々何かに書いたりなんだりしています。

番外編集一の後書きで、このシリーズの登場人物たちは私にはハンドリングできない、それぞれの時を生きている人物たちだと書きました。

そのことは多分書いていくごとに強くなって、彼らは自立してしまって、時に「その時の私」の手に負えないこともあるような気がします。いや、気のせいではない。

七巻の頃の私には、あれはあれで私の手の先から息を吹き込める精一杯のみんなの幸せだった。

それから私もあれやこれやと生きて、人に会い人と語らいなんやかんや教えられて、十七巻までなんとかたどり着けた。

「一巻からここを目指していたような十七巻」

と、自分でも思ったけれど、打ち明けると目指してはいませんでした。

「君は……知ってたんだね。僕にこれが、必要だって」

十七巻で秀は大河に言ったけど、私は秀にそれが必要だとは知らなかった。

本当です。

なので息をしているような彼らを綴りながらびっくりしている。

追いつけなくなってしまうと大変だと、慌てています。

今年は十九巻を書き上げます。宣言。ずっと私にはわからなかった「あること」がやっと見えてきた。でもそれは私が考えているというよりは、こうやってたくさん彼らを書く中で、「あ、そうしたかったんだね」

と気づくことの繰り返しです。

渦中かなと、思います。番外編一「徒然日記」の時にはまだ明言できなかった、物語としての帯刀家の終わりへの渦中の時間にはきてしまった。

なので、これから生きていく道に向かって一人一人の背を力強く押せるように、私もがんばる。

そんなわけで十八巻の後間が空いてしまいましたが、今年は十九巻を書いて、出せますように。

ところで久賀総司は伸びしろの大きい子でしたね。途中参加の久賀ですが、一緒に頑張ってくれてます。

これはたわごとなんだけど、私としては大越には五十歳くらいで総理大臣になっていただきたいと思っています。その時呑気に大きなイベント会社のCEO（きっとその頃にはこんな呼び名に。今の彼らはミレニアム頃ですかね）になっていた八角は、有識者会議に呼ばれたりして迷惑。この本では出番のなかった竜頭町二丁目の御幸は幕僚長長官となって、竜頭町からそんな星々が。

という妄想をしています。

その頃帯刀家と愉快な人々は、

「すげえなあ」

なんて新聞やニュースを見て他人事でしょう。

あと三冊くらいかなと思っています。彼らの背中を強く押し出せるまで。

そこまでは必ず見守って（だけじゃ済みませんが）ください、担当の山田さん。

そして今回も本当に竜頭町の人々を素敵に描いてくださった二宮悦巳先生、よろしくお願いします。

竜頭町に住んでいるような感覚で、近所の彼らを見ていてくださる皆さまも、どうか最後までおつきあいください。

また次の本で、お会いできたら幸いです。

猫とこたつと雪の中／菅野彰

全員に言い分がある

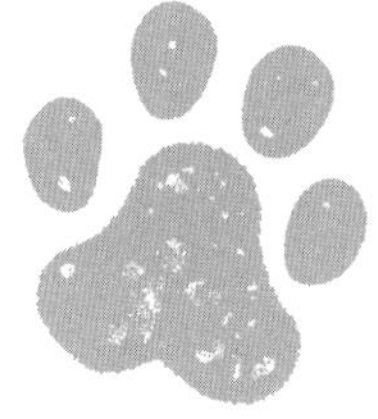

Ryuzucho
3-chome
obinatake no
Kurashi no
Techou

「あれ？　俺来週の週末、野球部の送別会で遅くなるんだけど」

いつも通り、長年の習慣で居間のカレンダーに予定を書き込もうとした大学二年生が終わろうとしている帯刀真弓は、既に書き込まれている予定に手を止めた。

真弓は竜頭町三丁目にあるこの古い一軒家、帯刀家の末っ子だ。

「オレもジムの送別会だ。春は別れの季節だなー」

夕飯が終わった居間にはいつも通りテレビがついていて、ボクサーで帯刀家三男の丈と山下仏具で職人をしている阿蘇芳勇太は寝ころび、風呂上がりの家長で編集者の大河は夕刊を広げていた。

SF作家で勇太の義父である阿蘇芳秀は台所で後片付け中で、それもいつも通りの風景だ。

白い割烹着の紐が、背中でちんまりと結ばれている。

「僕と大河はお出かけです」

仕事だとも言わず、こっそりでもなく、その晩大河と秀は出かけるという。

カレンダーに書き込んで大河と秀が出かけるのは、今までとは大分違う景色だった。

「デートかいな」

義父が幸せなのは嬉しいけれど、息子としての勇太は、恥ずかしさや照れや多少おもしろくない気持ちは今もある。

だから義理の息子はいつもの黒のスウェット姿で、いつも通りの揶揄いとつまらなさを交えた声を聴かせた。

「まあな」

明らかに照れ隠しで新聞を大袈裟に捲って、大河が呟く。

この三月までに、大河と秀に何かがあったことは、家族全員が感じていた。

突然何か特別なことが起こった、という風ではない。二人が長い時間をかけて積み重ねたり、時には崩してしまったりを繰り返してきた何かが一つ、きっとやわらかな着地を迎えた。

何処に着地したのか、何があったのか、誰も尋ねない。

大河と秀がなだらかな場所に今立っていることが伝わって、それで十分だった。

何があったと訊きたくないわけではなかったが、これまで大河と秀を見てきた家族にとっては奇跡に思える今のバランスを崩すようなことは何一つしたくない。バランスを崩した大人の二人は大迷惑だ。

「どうしよう。またじゃん。勇太と明ちゃん二人きりの夜」

よって、真弓は話を自分の不安に戻した。

問題の帯刀家次男、大学院生の明信は、いつも通り恋人の花屋でバイト中だ。

「おまえ……ええ加減にせえや！」

恋人の呟きが自分への不安だったと今知った勇太が、ただでさえ吊り上がっている眦を更に吊り上げて起き上がる。

「だって、前も言ったけど明ちゃんの方が好みだって言ったの勇太なんだかんね！」

自分が怒られる筋合いはないと、すかさず真弓は応戦した。

「それはな、俺が悪かった。どういう風に悪かったて思うとんのか、今日という今日はちゃんと喋らせてもらうわ」

前回とは違う構えで、「よう聞け」と勇太はどっしりと胡座をかいた。

「くうん」

室内で眠っていた老犬のバースが、何事かと声を聞かせる。

「聞こうじゃないのさ」

悪かったというからには聞きましょうと、黒いジャージ姿の真弓は勇太の前に正座した。

明信に対してブラコン感情の強い丈も、無関心ではいられない大河も秀も、勇太の言い分が気になって体を向ける。

「確かに俺はゆうた。明信のこと好みのタイプやて、ゆうた」

「そうだよー」

「おまえとつきあい始めた頃に、売り言葉に買い言葉でゆうた。そんとき俺は明信のことをよう知らんかった。あれから何年や」

「勇太がうちにきてから四年半」

「……そないにちゃんと数えとんのかおまえ」

即答した真弓に、怯んで勇太は胡坐のまま若干後ずさった。

「うん。俺はね、勇太。忘れないから」

だからいい加減な言い訳は許さないと、真弓が目を大きく開いて微笑む。

「そうか……まあ、とにかく四年半、俺も明信とこの家で一緒に暮らしとる。四年前はよう知らんかったあいつのことも、四年ちゅうたらオリンピックが巡る分くらいは知った。ほんで言いたいことがある」

改まって勇太は、負けじと真弓の目を見返した。

「なに」

「俺が悪かった。明信のこと好みのタイプやゆうたんは、勘違いやった。全然好みのタイプちゃう」

丁寧に言葉を区切って、勇太が宣言する。

「なにそれ畏まって。そんな、『あれは気のせいでしたただの浮気でした』みたいなの信じるわけないじゃん」

余計にムカつく！　と、真弓は口を尖らせた。

「ちゃんと最後まで聞けや。気のせいとか、そんなふわっとした話ちゃうわ。してもおらんのに浮気とか付け足すな」

真弓の勢いにつられず、勇太があくまで冷静を保って話を続けようと努める。

実のところこれは、勇太がここのところ折があれば宣言したいと思っていたことだった。

「俺は明信のことを四年半分知ったところ、好みやないと思い知った。一つ一つ聞け」

勇太にしてみれば、今、宣言する時がきたのだ。

「聞こうじゃないの」

「俺はあいつが怖い。まずあいつが読んどる本が恐ろしい。秀のあの恐ろしい新刊が一番好きやてゆうて、その世界から出たくないとかなんとか抜かしとったんおまえも聞いたやろ」

「あったね……そんなこと」

秀のあの恐ろしい新刊とは、「新しい考えが生まれるたび旧時代の物を文字通り跡形もなく殺戮(さつりく)するループの物語」のことで、明信はそのループから出たくないとはっきり言っていた。

「明ちゃん……なんて恐ろしいことを」

「書いた本人だろー、秀」

書いた阿蘇芳秀さえ震え、唯一その本の内容を知らない丈が普通に突っ込む。

「龍(りゅう)かて震えとったで、あんとき。あとな、丈が小学生の時明信に泣かされた話や。俺な、無理やであいつと阪神戦観んの。心が死ぬわあんなんゆわれたら」

「ああ……確かにオレあんとき心が死んだなあ。けどあれで死んでたら明ちゃんの弟やってらんねえぞ。何度でもオレは蘇（よみがえ）った」

その丈が小学生の時に号泣した件は、大好きな選手が現役を引退するときに「なんで！」と嘆いた幼気（いたいけ）な丈に、兄の明信が「何故彼はもう現役を続けられないのかというとね」と懇切丁寧に語ってしまった件だ。

「俺は、おまえとちごて生き返らへん」

恭しく、勇太がゾンビに向かって首を振る。

「納得できない俺。だって勇太なんて本全然読まないじゃん。俺も読まないけど。本読まない俺たちに、本しか読んでないみたいな明ちゃんの気持ちわかるわけないじゃん」

納得もできないし、兄明信は幼い頃から常に本と体が一つの生命体であるかのようにほとんど手の先から本が生えていた。それが真弓にとっての兄だ。

そんな明信の本との関係がわかるわけがないし、真弓は秀の新刊は怖かったが明信のことまで怖がりたくはない。

「真理だ」

次男と同じく本を愛し、その上本を作ることを仕事にした大河は、真弓の言葉に深々と頷いた。

「読んでいる本や書いている本と、読んでいる人書いた本人は全く別だ」

「君、今嘘を吐きましたね」

言い切った大河に、白い割烹着の秀が静かな声を聞かせる。

「うっ」

基本正直が取り柄の大河は、声を詰まらせて珍しく堂々と嘘を吐いたことを体現してしまった。

「えええじゃあやっぱり秀は書いた本とおんなじひとなの⁉　新しい世界がきたら古い時代の人はサクサク殺戮して跡形もなくしちゃうひとなの⁉」

それはそれでドン引く、と真弓は完全にコースアウトして後ずさった。

コースアウトされた秀の息子の勇太も、しかしやはり後ずさる。

「その質問にきちんと答えるなら、作家阿蘇芳秀と今ここにいる僕がまったくの同一かということから語らないといけないね」

「ややこしくなったー、オレ話がぜんぜんわかんなくなったー、明ちゃんは……だけどそういうとこあるんだよなあ」

最愛の兄を、きちんと知らなくともきちんと理解している丈が頭を抱えた。

「秀は誰のことも殺さない。明信ももちろん誰のことも殺さない」

ため息を吐いて、本とともに生きてきた大河が丁寧に語る。

「だが秀は人を殺す小説を生々しく描くし、明信はその生々しさを自分の中で解釈しなおして受け止める」

自分もそうだと告げる大河の言葉は、本を読まない三人にも呑み込めた。

「そして自分の一部にするんだ」

「明ちゃんの一部に……」

明信が読んでいるあの恐ろしい本たちが、あんなにやさしくて穏やかな明信の一部にと、大河の最後の一言で真弓がまた混乱した。

「殺戮の物語は、殺戮を起こすために書かれてることはほとんどない。むしろ殺戮を止めるために書かれてる」

「あ、納得した。明ちゃんの読む本と明ちゃんが一致した」

納得と安心が訪れて真弓が息を吐くのもつかの間だった。

「待ってください。僕は殺戮を止めるために殺戮を書いた覚えはまったくありません」

そもそもそんなに殺戮していませんがと余計な一言を添えた作家阿蘇芳秀先生が、居間をまた恐怖に叩き落とした。

「ほんなら、なんのために書いとるんや……」

わが父の一言に戦慄(おのの)いて、果敢に勇太が尋ねる。いや、訊かないではもう眠れない。

「昔は、息子の衣食住と教育費のために殺戮を書いていました」

「俺の……メシと、ちゃんと通わんかったがっこのために……殺された人々が」

「今は何も考えていません」

やけに清々しく、秀は言い放った。

隣にいる大河が、何故だか嬉しそうに息を吐く。

「そうか。そうだったな」

何も考えず秀が仕事に向かえていることが、もはや恋人でしかない大河にとっては心からの幸いのようだった。

「よかったね。なんかよかったね二人とも。おめでとうございます！　でもね！　殺戮の話じゃないから!!」

この話自体殺戮の話ではないのだが、ざっくりと真弓はまとめた。

「せや！　先に進ませえや!!　別にうちのおとんや明信の本をあかんてゆう気はないねん！　おまえらにとってそれが大事ならそれはそれでええねん！　せやけど俺にはおっそろしいっちゅう話や！」

「明ちゃんの悪口ならもうやめてくれる!?」

「おまえの悪口をゆいたいわ俺は！　おまえがいつまでもいつまでも俺がうっかり勢いでゆうてもうたことを根に持っとるから、ちゃうゆうとんねん!!　あいつはええやつや！　おまえらの面倒見ながらたくさん勉強して龍の面倒まで見て、ほんまにたいしたやっちゃ！　せやけど俺の好みとはちゃうっちゅう話をしとんねん！」

すっかり主題を見失った真弓に、「ちゃんと聞けや！」と勇太が歯を剝く。

「それで明ちゃんの悪口ゆう必要ないじゃん！」

「おまえが気のせいでしたで信じられるかっちゅうたから、好みやない理由を一つ一つ語っとるんや！」

「そうだった。ごめんごめん」

言い出しっぺは自分だったと、ついさっきのことを真弓は思い出して頭をかいた。

「とどめはこないだの、蟹のちっこい茶碗蒸しの時のことや」

「ちっこいは余計だ」

その茶碗蒸しを偉い先生からいただいた大河が、思わず余計な口を挟む。

「あんとき、俺は明信のことはなんなら岸和田におった頃の相当上のもんとおんなしやて思い知ったで」

「どういう意味だよ」

尋ねたのは丈だった。蟹の茶碗蒸しの時に、明信と幼少の頃からのジャンケンを巡ってすったもんだしたのは丈だ。

「子どもの頃から、誰にもゆわんとコツコツとジャンケンで負け続ける」

「言葉にすんのはやめてくれ勇太……」

主にそのジャンケンで負け続けられた丈が、何処かまで気づかずに明信にジャンケンで勝っては「やったー」と無邪気でいた遠い日々を思って涙目になる。

「博打のツボ振りみたいなもんや。ガキで使い走りぐらいしかしたことない俺は、会うたこともない。伝説のツボ振り師や」

「それってさ、再放送の昔の時代劇とかに出てくるきれいな着物の肩はだけてふとももに刺青入っちゃってる超色っぽい人だよね」

勇太の説明で頭の中に湧いたイメージの女ツボ振り師に、真弓は真顔になった。

「だとしてもや。よう聴けや真弓。俺はそういうもんは無理や。なんぼお色気やっちゅうても無理なんや。無理なもんは無理や」

なんとか気を静めて、勇太が真弓に言い聞かせる。

「違います。僕は伝説のツボ振り師ではありません」

突然、三月の帯刀家の居間が、氷点下を感じさせた。

恐る恐る全員が振り返ると、そこには、仏壇花を持った明信が立っていた。

「俺はそれは悪くねえな」

隣にはいつも木村生花店のエプロンが似合わない、明信の七つ年上の恋人木村龍が場違い過ぎることを抜かしてやはり仏壇花を持っている。

「龍ちゃんは黙ってて」

珍しい台詞を言って明信は、自分の手にしていた竜胆と白菊を龍に持たせた。

「春彼岸だものね」

場違いは秀の大得意で、呑気に二人分の湯呑を茶箱から取り出す。

「おまえ……」

この修羅場の空気を読もうとしない秀には、さすがに大河も目を剝いた。

「明信……すまんおまえのこと悪くゆうとるんやないんや。むしろ敬意やで、伝説のツボ振り師」

「そうだよ。俺が来週また明ちゃんと勇太が二人きりになっちゃうからヤキモチやいて、だって勇太が明ちゃんのこと好みだってゆうから」

「なんか勇太が明ちゃんのこと好みじゃなくなっちまった原因のほとんどが、オレだな。ごめんな明ちゃん」

謝るところでないのに混乱のまま謝ってしまったのは、丈だ。

「いつもそのことが、僕抜きで議論されてると思うんだ」

滅多に見せない据わった目で、明信が居間の中に足を踏み入れる。

「くうん」

明信の心を思いやって、バースが宥めようとしたがもう遅かった。

「ぎろんは、してないよ。明ちゃん」

張本人ともいえる真弓は、いつもやさしい二番目の兄がまったく笑わないことにとてもじゃないが反省が追いつかず戦慄く。

「僕の所信を表明させてください」

「うちに総理大臣いるね」

のほほんと秀が、新しい茶を二ついれ、みんなに熱い茶を注ぎ足した。

「所信表明は、信念や決意を表明するもんだから別に総理大臣じゃなくてもするだろ」

秀ののほほんに巻き込まれて、大河も大概見当違いな方向にいく。

「もしものことがあった場合は」

しかし次男の所信表明は揺るがなかった。

「僕なりのきちんとした処し方をさせていただきますので、二度とご心配なさらないでください」

明信の瞳は誰も見ておらず、虚空に決意を誓っている。

怖い想像しかできないのは、仏壇に花を生け始めた龍も含めて全員だった。

明信が勇太を殺るだろうか。明信がそんなことをするわけがない。だが貞操が賭けられた時、どうだろうか。または明信自身が自決するかもしれない。後者の方が確率は高いが、比較する二つのどちらともがこの平凡な一軒家の屋根の下で起こってほしいことではない。

「ごめんなさい。明ちゃんごめんなさい。本当にごめんなさい」

土下座という勢いで、真弓は光の速さで明信に謝った。

「俺も、悪かったわ。もとはっちゅーたら俺がいらんことゆうたから」

四年前とはいえ発端を作ったのは自分だと自覚して、勇太も謝る。

「でも二度と心配しねえの、ムリじゃね？」

長い年月をかけてようやく終息しようとした大問題を、ひっくり返したのは意外にも丈だった。

「丈……」

大事な弟がこの終戦協定を覆すのに、明信が眼鏡の奥の目を見開く。

「やー、だって明ちゃんとんだとばっちりでヤだろうけどさ。そりゃ。オレだってやだよ？でも、できねえ二度とを今真弓と勇太が誓ったって、そしたらガマンするだけだぜ。そういう、なんつうの？　基本のヤキモチみたいなのって、別に妬こうと思って妬いてねえだろ」

「そりゃあそうだなあ。おまえにもそんなことあったのか、丈」

帯刀家の父母に「どうか明に殺人をさせないでください」と強くく手をあわせていた龍が、腑に落ちた顔で丈を振り返った。

「まあ、龍兄のことはいつでもオレは腹立つよ。明ちゃん幸せなのわかってても、なんつうの？　頭でわかってんのと関係なく、腹立つ。そういうのはボクシングの中だってたくさんあるよ」

嫉妬の話の割にはあっけらかんと、それでも嘘ではない心を丈が明かす。

「オレより強い。若い。努力もきっとしてる。才能がすげえ。認めなきゃって頭で考えたって、イヤな気持ち湧いてくるのは止められねえもん」

「おまえ、偉いな。本当に」

ボクサーとしての丈の後援会副会長であり、嫉妬の対象でもある龍は、心から丈に感心した。

「まあ、ゆうたら俺も。真弓が一生懸命部活やっとって、そんで部の人にほんまに世話んなって助けられとるって感謝しとっても。気持ちはあかん日はあるわ」

「そんな……あかんとか、言わないでよ勇太」

勇太が、助けられた八角優悟のことを言ったのがわかって真弓が大きく首を振る。

「そういうことなら俺もあるな。秀の新担当が秀にとってベストで結果も出してることを全力で喜ばなきゃなんねえのに、悔しくなるのは毎日のことだ」

編集者として、恋人として大河がその気持ちを持っていることは、ここにいる者たちは知っていた。

「僕も告白していいですか。大河が新しく担当してる児山先生を大事にしてることをとても尊いとわかってるし思ってるけど、やっぱり悔しいよ」

以前とは違う、何処か公平さと二人への愛情を持った声を、秀が聴かせた。

「そんなこと言われたら……」

意を決して、人生においてほとんどしたことがない所信表明をしたのに皆の気持ちを聴かされてしまい、力なく明信が畳に膝をつく。

「明ちゃんはないの？　嫉妬。だってさ、言いたかないけど龍兄はモテモテのモテモテだよ」

語彙を尽くしてやる義理はなく、雑に真弓はモテモテと言った。逆に深く突っ込んでは龍にも明信にも悪い。

「それは……」

ないよ、と即答すると人々に思わしめた明信が、別の言葉を居間に落とした。

「龍ちゃんが後家さんやスナックのママさんからお小遣いをもらったりしてる時には、倫理的に問題を感じてるけど」

「おまえ今正気ちゃうで明信……ほんまに俺らが悪かったわ！」

仏壇の恩恵を受けられなかった龍が倒れそうになるのに、龍に一応恩のある勇太が声を上げる。

「そうかもしれない……正気じゃないかもしれない、僕」

うつろな声を、明信は聴かせた。

「ホントに俺が悪かったよ、明ちゃん。だけど丈兄が教えてくれたみたいに、二度とヤキモチ妬かないのは無理かも。大好きになったばっかりの頃の勇太の言葉、今も昨日聴いたみたいに冴してるもん……」

ごめんね、と真弓がもう一度正気を失くした明信に謝る。

うっかり余計なことを言った勇太は悪かったが、そこから四年経っていた。それでも真弓にはその一言が昨日聴いたように聴こえてしまう。

「しかたないね」

居間を覆っていた感情を、一言に変えたのは秀だった。

「それでも、ずっと一緒にいたら、いつか氷解するときはくるかもしれないよ。真弓ちゃんに刺さったまんまのその杭みたいな気持ちも、抜けてなくなる日もくるかもしれない」

丁寧に、秀は教えた。

教えたのだ。自分が歩いてきた道の中で知ったことを。永遠にこのままだと思い込んでいた自分や、信じきれない心を、人と時が変えてくれることがあるということを。

秀が世界を信じられる力を持てたかもしれないことは、なんとなくみんなが気づいている。

「ありがとう、秀。そしたら」

感謝とともに真弓はしかし、我が兄大河と秀が出会ったのが高校一年生の時だったという絶望的な事実を思い出した。

「十年後とか、十五年後とかには……俺もきっと」

「せやな。そんくらい一緒におったら、俺の言葉も一昨年聴いたくらいには錆(さび)ついていてくれるかもしれへんな」

二十歳の二人にとって、ここから十年十五年は永遠より長い。

「そんな先のあるかないかもわかんねえようなこと考えて生きてられっかよー。嫉妬も後悔も抱えて生きてけ」

同じく永遠より長い丈が、大きく伸びをして適当を伝授した。

「そして明を悲しませないように生きていこうな……。俺、後家さんから小遣いもう貰ってねえぞ。おまえに見られてから」

それだけは言っておきたいと龍が、まっすぐ明信の目を見て告げる。

「僕が見たから貰わないの？」

そこじゃないよと明信は、そこじゃないことを龍に言った。

「おまえは手加減ちゅうもんを覚えろや……」

やっぱり心の底から好みのタイプではないと、勇太は何度でも宣言したい。

「なんだか、相変わらずで安心する」

みんなの茶を並べて、小さく秀は笑った。

「そうだな」

相槌を打った大河も笑っている。

相変わらずと言った当の二人が相変わらずではないとは、誰も言葉にしなかった。

それはただ嬉しいことで、決して寂しくはなく、これからも流れていってほしいゆるやかな時だ。

まだまだ氷解もしなければ杭も抜けない五人は、その時に触れず、いつの間にか置かれた茶を飲んだ。

時が流れていくのもいつも通りだとだけは、知って。

初出一覧

小説

サンジョルディの恋人たち
…プレミアム♡ペーパーセレクション2018

みんな二人でなに話してるの?
…バースデーフェア店頭配布小冊子2017

SF作家は遠い星から落ちてきた
…全員サービス小冊子「Chara Collection EXTRA」2017

次男がタイプの彼氏はファザコン
…プレミアム♡ペーパーセレクション2017

竜頭町三丁目まだ三年目のハロウィン
…全員サービス小冊子「Chara Collection EXTRA」2018

秋季リーグ最後の日
…書き下ろし

阿蘇芳秀先生の小説を読んでみよう!
…文庫「さあ、今から担当替えです」書店販促特典ペーパー2017

正しい痴話喧嘩のやり方
…バースデーフェア店頭配布小冊子2018

竜頭町三丁目まだ四年目の大人の浴衣
…文庫「竜頭町三丁目まだ四年目の夏祭り」書店販促特典ペーパー2018

地球でたった一人のウオタツ
…文庫「次男のはじめての痴話喧嘩」書店販促特典ペーパー2019

花屋と次男は東京ドームに行けるのか
…バースデーフェア店頭配布小冊子2019

花屋を月に連れてって
…イベント用来場者特典ペーパー2019

どうぞご家族でおいでください
…全員サービス小冊子「Chara Collection EXTRA」2019

どうぞご家族で召し上がれ
…プレミアム♡ペーパーセレクション2019

久賀総司の竜頭町探訪記
…文庫「SF作家は担当編集者の夢を見るか?」「竜頭町三丁目帯刀家の徒然日記」
2冊同時購入書店販促特典ペーパー

全員に言い分がある
…書き下ろし

コラム

書き下ろし

この本を読んでのご意見、ご感想を編集部までお寄せください。
《あて先》〒141-8202 東京都品川区上大崎3-1-1
徳間書店 キャラ編集部気付
「竜頭町三丁目帯刀家の暮らしの手帖」係

【読者アンケートフォーム】
QRコードより作品の感想・アンケートをお送り頂けます。
Chara公式サイト http://www.chara-info.net/

Chara

竜頭町三丁目帯刀家の暮らしの手帖

……【キャラ文庫】

2023年1月31日 初刷

著者 菅野 彰
発行者 松下俊也
発行所 株式会社徳間書店
〒141-8202 東京都品川区上大崎3-1-1
電話 049-293-5521(販売部)
03-5403-4348(編集部)
振替 00140-0-44392

印刷・製本 株式会社広済堂ネクスト
カバー・口絵
デザイン 佐々木あゆみ

ISBN978-4-19-901090-3

菅野 彰の本

好評発売中

［毎日晴天！］

シリーズ1～17 以下続刊

イラスト✦二宮悦巳

ＳＦ雑誌の編集者・帯刀大河に、ある日突然新しい家族ができちゃった⁉　寝耳に水の姉の結婚で、義兄となった阿蘇芳秀は、なんと担当作家で、高校時代のクラスメート。でも大反対する大河をよそに、肝心の姉がいきなり失踪‼　おかげで大河は弟達の面倒を見つつ、なし崩しに秀と同居するハメに…⁉

菅野 彰の本

好評発売中

［花屋に三人目の店員がきた夏 毎日晴天！18］

イラスト◆二宮悦巳

下町の花屋を開業して十年――龍(りゅう)の店に初めて三人目の従業員がやってきた!! 見習いとして雇われたのは、龍が荒れていた頃世話になった保護司の孫・入江奎介(いりえけいすけ)。龍の過去も知った上で、「この店で働きたい」と志望してきたのだ。真面目で素直な奎介に、丁寧に仕事を教え、人を育て始めた龍。そんな恋人に安堵と頼もしさを覚える明信(あきのぶ)は、自分がバイトとして戦力外だった事実に気づいてしまい!?

四六判ソフトカバー　菅野　彰の本

好評発売中

［竜頭町三丁目まだ四年目の夏祭り　毎日晴天！外伝］

イラスト✦二宮悦巳

中学で女官を卒業して以来、祭りは見ているだけだった真弓。今年はどうしようかと迷う真弓は、勇太を見て内心びっくり‼　顔を顰め、なぜかとても嫌そうなのだ。けれど勇太は、理由を決して言ってはくれない――。一方、花屋の龍も、恋人の明信の様子がおかしいことに気づく。誰より早く囃子隊の笛の稽古を始めているのに、明らかに酷く憂鬱そうで…!?　帯刀家六人はもちろん、竜頭町の面々が総出演で贈る、待望のシリーズ外伝‼

菅野 彰の本

好評発売中

［竜頭町三丁目帯刀家の徒然日記 毎日晴天！番外編］

イラスト✦二宮悦巳

デビューしたての新人ＳＦ作家と養い子の京都時代――月に一度必ず訪れる締切地獄を、勇太がいかに乗り切ったか。明信が大学で密かにモテていた、本人だけが気づかない事情って…？　帯刀家の3カップル&竜頭町の面々が賑やかに総出演!!　過去12年に亘って発表された短編他、番外編「桜を、見に行く」や、制作の舞台裏が覗けるコラムなど書き下ろしも多数収録!!　シリーズ初の必携愛蔵版♡